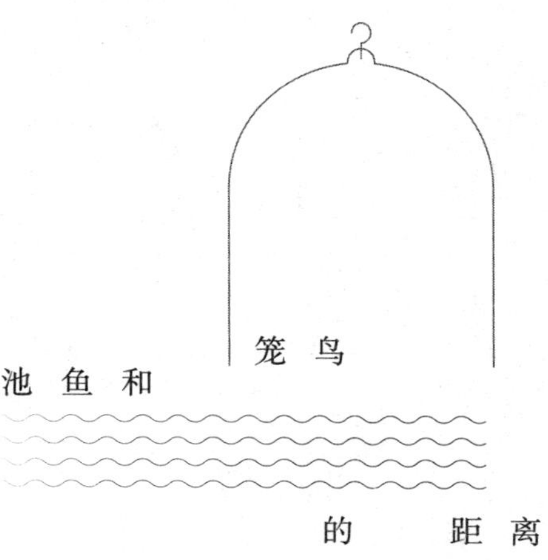

池鱼和笼鸟的距离

高方 | 著

中国广播影视出版社

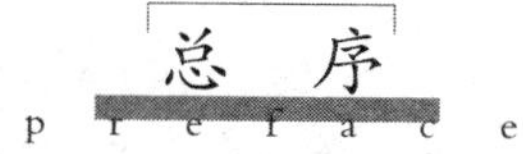

徜徉在那些美好中间

就那样欢喜地遇见了。一缕春风便吹绿了广袤的原野，一声鸟鸣便幽静了一方山林，还有那一树树的花开，那一溪的清流，那自由舒卷的白云，那古风犹在的远村，那喜欢眺望的老槐树，那池塘里嬉戏的鸭鹅，那迷了路也不慌张的蝴蝶……一眼望去，随处都是迷人的风景，自然、清新、朴素，美丽的气息恣意地荡漾。

就那样欢欣地爱上了。爱上一江静水流深的从容，爱上一场夏雨的酣畅淋漓，爱上秋光无限的姹紫嫣红，爱上冬日纯净的银装素裹，爱上一架高桥横跨大江南北的豪迈，爱上一条长路贯穿东西的壮丽，爱上一栋栋高楼大厦春笋般地拔地而起，爱上一盏盏明灯火树银花般地亮起，爱上繁华街市上的车水马龙，爱上广袤原野上的万顷稻浪……目光所及，到处都是浓墨重彩的画面，壮丽、逶迤、宏阔，磅礴的气势，不可阻挡地扑面而来。

就那样幸福地陶醉了。为小草清脆的发芽声，为牵牛花爬过的篱笆，为檐雨轻轻弹拨的琴音，为红叶点缀的山间小径，为低低飞过的麻雀，为穿窗而来的明媚阳光，为谜一样撩起思绪的星空，为旅途上惊喜的相逢，为擦肩而过时甜美的微笑，为孤独时一语关切的问候，为寂寞行程上一个真诚的微笑，为梦想成真时热烈的掌声……原来，万物皆有欢喜，万事皆生情趣，万人皆可亲近。

就那样痴痴地迷恋了。一段尘封已久的历史，还在慢慢地讲述着过往的沉沉浮浮；一个情节兜兜转转的故事，还在絮絮地诉说着扣动心弦的爱恨情仇；一首染了田园或边塞风韵的唐诗，还在绵绵地传递着可意会也可言传的美妙；一阕或豪放或婉约的宋词，仍在徐徐地吹送着折不断的杨柳风。一卷在手，便有无数的星光扑来，便有无尽的话题打开，便有无限的遐思飘逸……没错，天下风光在读书。走进书籍的水色山光里，随时随地都会遇到醉了眼睛也醉了心灵的风景。

真好，怀揣柔柔的爱意，自由自在地穿梭于古往今来，欢欣地流连于尘世的点点滴滴，不辜负每一个怦然心动的瞬间，或认真倾听一朵花开的声音，或仔细凝眸一轮素洁的明月，或悉心阅读一枚秋霜染红的枫叶，或静心体味一缕柔情似水的炊烟，或端坐窗前看明明暗暗的光影慢慢地走来走去，或漫步田埂上看黄黄绿绿的庄稼葳蕤地生长，或穿行于喧嚣的街市，随手捕捉一串苦辣酸甜，或安然于静静的斗室，照料日常的柴米油盐……有时要寻寻觅觅，有时只需不经意的一瞥，就能够欢喜地遇到那么多的真，那么多的善，连同那么多的美。

尘世间俯拾皆是的种种美好，都是生命不可或缺的弥足珍贵的馈赠。一位锦心绣笔的作家，即便身处寻常的日子里，即便面对普通的一花一草，也会有欢喜的发现，会有怦然心动的感悟，会欢悦地撷取光阴里的点点滴滴的美好，用一生珍惜的笔墨，饱蘸真情，一一精心地描绘下来，呈现给自己，也呈现给熟悉的或陌生的朋友。

于是，我们有幸看到了这样一篇篇精彩纷呈的美文，看到了这一套“语文大热点”美文系列图书：高方的《池鱼和笼鸟的距离》、李雪峰的《一滴海水里的世界》、王继颖的《感恩最小的露珠》、刘克升的《弱种子也要发芽》、崔修建的《向低飞的麻雀致敬》。

五位《读者》《青年文摘》等知名报刊的签约作家，多年来一直潜心美文创作，他们发表在国内外各类报刊上的美文数以千计，其中不少作品被译介到国外，他们都曾出版多部深受众多读者喜爱的畅销美文专集，有多本书成为馆配图书，或入选农家书屋和社区书屋。

这次，由中国广播影视出版社精心策划，五位作家联袂推出的这套特色鲜明、风格各异的美文系列图书，既是五位作家美文创作实绩的一次集中展示，也是进一步拓展美文写作空间的一次有益的探索，更是奉献给广大读者的一份精神美餐。

作为中考语文、高考语文的热点作家，李雪峰、崔修建、王继颖、刘克升、高方创作的大量优质美文，曾多次入选中考、高考语文试卷及模拟试卷，更有数以百计的美文入选各类语文教材和课外阅读书籍，成为众多中学生信赖的快速提升写作水平的优秀范本，在许多省、市中学生寒暑假必读书目中，经常会见到五位作家醒目的名字。

德国作家、诗人赫尔曼·黑塞曾经有一段非常值得咀嚼的感慨：“当一个人以孩气般单纯而无所希求的目光去观看，这世界如此美好：夜空的月轮和星辰很美，小溪、海滩、森林和岩石，山羊和金龟子，花儿与蝴蝶都很美。当一个人能够如此单纯，如此觉醒，如此专注于当下，毫无疑虑地走过这个世界，生命真是一件赏心乐事。”

这一套美文系列图书的作家，就是如此始终热爱着凡俗世界中的美好，始终坚持倾听心灵的召唤，单纯地因喜欢写而写，无论世事如何变幻，无论际遇如何转换，美好的情怀依旧。

如是，请让我们怀抱向美之心，跟随五位作家的脚步，走进一篇篇美文打开的斑斓世界，徜徉在那一个个滋润心灵的美丽时空中，或驻足，或凝眸，或静品，或感悟，且让思绪自由飞扬，且让一颗永远不老的诗心，请出书中的无限旖旎的风光，与我们欢欣地对坐，忘却光阴无声的行走，唯有深情永驻的岁月静好。

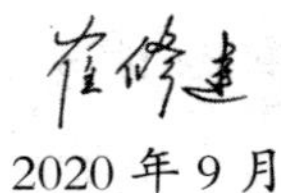

2020 年 9 月

目录

目录

第二辑　“物”语传情，流连那一寸指尖的温度

“人”与“物”从不可分，从最初的草叶兽皮到后来的陶碗骨珠，再到后来文化的附丽与工业的再造，每一件“物”都凝结着记忆与情结、沉思与感悟。每一次拿起与放下之间，绵延不绝的丝缕之情都在为你诉说另一种意义上的“不曾放下”或是“放不下”。

第三辑　自然的精灵，点亮你我的世界

人是万物之灵长，却也和万物一样寓居天地之间，餐风饮露，疏食饮水。我们携好奇与探索而来，琳琅的草木、生动的花鸟、微小的昆虫、翩然的游鱼都难免触人情思，让我们了然这自然的馈赠，更深悟这世间杂然和谐的声响与妙趣横生的景象。

目录

第四辑　这些年，那些美好与不美好的遇见

是否曾有人拨转时针设定程序，让我们在特定的路程与街口遇到一些人，或是远远地一瞥或是驻足寒暄，或是轻轻擦肩或是双手相握。最难忘的一定是那些年少的记忆，也许在于相遇早早、印痕深深，也许在于那份永不褪色的青葱与桃红。

第五辑　校园笔记，你是永不泛黄的那一页

古人的年龄有各种旖旎的称谓，我们的“学龄”却枯涩地隔开了两个世界，所幸崭新的校园给了我们一个看似有界、其实无疆的领域，我们在这里长高长大，见人见事，历寒历暑，有知有识。

目录

第六辑　屐痕点点，在江山皱褶里踏莎而行

万卷书，在案头；万里路，在远方。河山壮阔，有风疾天高；檐宇静谧，有月朗风清。走走，停停，看看，想想，去未曾去之地，看未曾看之景，无畏崎岖、坎坷与疲惫。暂停舟车，回想芳润，谁不叹江山如此多娇。

第七辑　书卷深处，那缕氤氲的墨香

从竹简木牍到绢帛纸张，总有人牵引你我，思接千载，神游万仞。一纸素笺，一点翰墨，在时光的晕染中氤氲一个世界，让环珮佳人、衣冠士子不期然现于眉睫之前，敛深情衣袂，展壮伟胸襟。沿书卷上溯，你我一起聆听那始于《诗经》的歌吟。

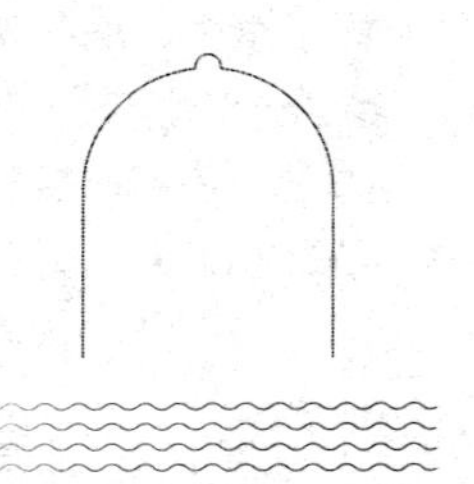

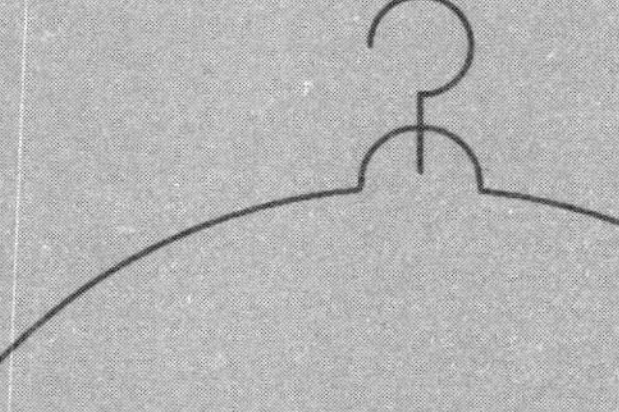

第 一 辑

时光流徙，不改春秋百味

时光是一本次第打开的书，风有声，月有影，年复一年。春夏秋冬轮回着每一度日升日落，相同的喜悦，不同的惆怅，都在时光的变迁中，着了新色，褪了旧痕，那些浊黄中的粉彩，那些青灰中的新绿，都化作恒久的味道，遗落成齿颊之间的芬芳与隽永。

二十年前的冬天

我忽然特别怀念初冬里城市的傍晚，也许因为窗外已不见明亮的日色，而只有秋日连绵的阴雨用它无心的淋漓制造着并不喧嚣的天籁。初冬城市的傍晚有一种最为真实的人间烟火之气。不是说那时还普遍的居民楼的烟囱里渐次升起了长短不一的烟柱，也不是说谁家的门缝里调皮地窜出了刚出锅的饭菜的香味，你就去街道上看看吧，那么多人包着头巾、戴着手套，不时裹紧身上的衣服匆匆地走着，他们的方向并不相同却又是相同的，因为他们都是要回家去，回家去让屋子里的热气和饭菜的热气将自己团团围住，或是冲进一团凝固的冷气，然后用自己的忙碌制造出一团拥抱亲人的温暖。

暮色正在一点点加浓，太阳的光越来越暗了，远处和近处的人都只是一团灰蒙蒙的影子。偶尔有几辆电车驶过，从容中带一点匆忙，毕竟它要将人们送回家或是送到离家更近一些的地方。车厢里通常是亮着一两盏小灯的，约略照得见车厢里和街道上打扮相同的人。那时的车里没有空调，人却和今天一样拥挤，戴着手套的手抓住各种各样的栏杆，那些站着的，随着车行和转弯而东倒西歪的人里没有老人和孩子。

走过窄街的时候，你时常会看到有人拎着脏水桶从没装下水的房子里走出来，过街，在一座小型的冰山面前很利落地一扬手，没有污水横流，没有秽气冲天，只是那冰山的体积又增大了一点点。

当你刚巧走过时，那人会向你歉意地笑笑，毕竟这是生活的一部分，他也不想这样，可他也没办法。

你就这样走向更加深远的暮色中去，空气里是一种浓浓的俗世的味道——有多种车辆在经过时散发的汽油的味道、柴油的味道，甚至还有尾气的味道；有被大气压得低低的，带着些污浊的云朵的味道；有不带一分一毫柴草香的炊烟的味道；也许还有某个人骑着自行车从你身边经过时拂过的一丝烟草的味道……

这是我记忆里的城市，我爱的城市。不是今天车水马龙抬手打车的城市，不是今天有着宽敞漂亮的厨房却许久不曾蒸煮煎炒而大饭店里却人满为患的城市。

二十几年了，我再也找不到我曾经经历过的、爱过的城市。

我知道进步总比落后好，可那里有我的童年和少年时代，有我不曾遗忘的一切。

玩泥巴的心情

陶吧大约是继酒吧和网吧之后的又一新潮去处。陶吧一剪彩，就有无数“维新”和“前卫”的年轻人涌了进去。我早就知道陶器是怎样做出来的，也就知道那里是让人随便抟一团泥土，在飞速旋转的转轮上做出想要的形状，然后再送进大火里烧制定型，再然后，就可以把这个丑丑的，或者说是很别致的小东西带回家的地方。

可我坐在自己的斗室里想了千百回，也想不出陶吧究竟是个什么样子。只好与朋友一起走入陶吧，妄想真正体味个中三昧。

和电影上见到的手工作坊一样，长长的平台两边坐满了“工作”着的人，有情侣，也有带着孩子的父母，无一例外地，他们手上全是泥巴，脸上全是虔诚。有的人安静地忙着，也有人探头探脑地四处咨询，更有人在地上走走停停，可从动作的熟练程度上一眼就可以看出，谁是新人，谁是老手，谁是穿梭其间进行指导的技师。

我和朋友找了一张桌台坐下来，开始学着别人的样子进行艺术品“创造”。不小心，一粒泥溅到了朋友雪白的衬衫上，她把头扭向我，很无奈地耸耸肩。看得出，她的兴致也一落千丈，也许因为她的衬衫是才上身的价值不菲的名牌儿。再看看周围的人们，大多也都是一副小心翼翼的样子，生怕弄脏了衣服。我不由也兴味索然地放下了手中的泥，任思绪飞回到小时候——

小时候我也玩泥巴，但是玩得自由、随意、毫无顾忌。我和小伙伴们常去公路边上的大沟里、人家挖得很深的宅基地里或是别的地方，找些黄土回来，添上水，用手或是用脚把它和好。和泥时，那细腻的稀泥从手指缝中渗出来，或是从脚趾缝中钻出来的感觉仿佛是一种无以言表的享受。

我们用和好的泥捏成小猫小狗，想象它们是有生命的，同它们说话、唱歌、做游戏，就像今天的孩子玩橡皮泥；或是做成馒头、花卷、烙饼和饺子，过家家招待客人。当然，最有趣的莫过于摔泥泡儿了。

我们把泥巴做成碗的形状，但底部一定要又薄又平，然后问一起玩的小伙伴：“有没有窟窿有没有眼儿？”对方一定是理直气壮、声音响亮地回答：“没有窟窿没有眼儿！”这是规定程序的问答，谁也没有权力篡改。这时，问的一方就拿起泥泡儿，口儿朝下，向一块平滑的石板或是水泥台阶上用力一摔，听到“噗”或“啪”的一

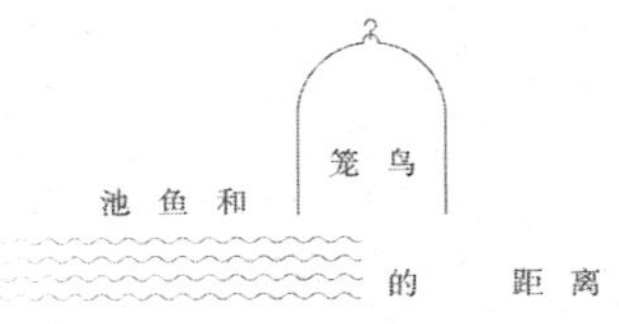

声你再看：前者是泥和得太硬太软或是力道掌握得不好，泥泡堆成了一个饼儿，果真是“没有窟窿没有眼儿”；而后者则是一切都恰到好处，泥泡儿底部炸开了一个大洞，可就是溅起的泥巴糊到脸上也是让人开心的一件事——对方要用足够的泥巴把这个洞给补上！有经验和玩者总会把对方赢到哭丧着小脸，赢到无可奈何，因为他手中的泥巴少得连一只微型的泥泡都做不成，这样，连“扳本儿”的机会都没有了。

在我的缺少玩具和游戏的童年，泥巴给了我和我的伙伴们多少真正的乐趣啊！哪怕我们把衣服，甚至自己都玩得脏兮兮的，我们小小的心灵里也充盈着无比的，也是无法替代的欢乐！

可今天，握在手上的是与儿时同样的泥巴，我们也是抱着和当年一样的休闲、放松的心情来的，而且是从露天走入了室内，从通俗玩到了高雅，那么，是什么让这一切变得不一样了呢？是年龄的增长，时境的变迁，还是别的什么？

沉思中，有银铃般快乐的笑声从记忆深处传来：一个男孩把他精心制作的泥泡儿用力地摔下去，“啪”的一声，飞起的泥点溅得他满身满脸……他的在一旁“观战”的父亲说：“儿子，真棒！”今天的父亲也会这样说吗？我不知道。

春天的食单

这个春天我的课不是很多，但是有三个时段都排在了下午。这就意味着我要在每天的晚高峰坐通勤车回家，这也意味着只能由家里那个“贤惠”的男人为我准备晚餐。

春节是春天的节日，但那是中原的事儿。我们这里，三天前的春分，农历二月十五，还飘落了一场意料之外的大雪。毕竟刚刚过去的那个冬天，好像都还没有下过这么大的一场雪。那天一进家门，氽酸菜的香味就扑上来拥抱我。

酸菜是被健康饮食诟病许久的食物，什么腌制品、亚硝酸盐致癌等，太多的人都听说过，也相信科学，但酸菜总还是要吃的。不吃酸菜，怎么证明自己是地地道道的东北人呢？不吃酸菜，我们东北菜的代表作“杀猪菜”就没法成立了呀！从以前的腌酸菜到现在的买酸菜，我都觉得，作为一个四十几岁的“东北大妈”，我是彻底地堕落了。

汆酸菜是我家最经常的酸菜烹饪法——五花肉趁冷冻切成薄薄的片儿，越薄越好，冷水下锅煮至汤色奶白，下葱姜等调味料，然后再将大白菜腌成的切成细丝的酸菜放进去。说是一起煮、炖、熬都可以，这几个词在我这种相对粗糙的东北人看来几乎没有什么区别。火候自己掌握，我妈爱吃脆的，我就喜欢软一点的。但诀窍是一定一次性加够水，最后一定要有汤喝。肉片软糯，大概有一半儿已经化在汤里了，酸菜适口，汤略有些酸，但是回甘明显。要是再拍几瓣蒜，蘸着蒜酱吃，就更是锦上添花了。

先生做饭一般都是只有一个菜。那之前的两天，一天是炖白菜冻豆腐，一天是角瓜土豆酱。白菜冻豆腐没什么，家家都会做的再家常不过的家常菜，角瓜土豆酱倒是值得一说。

角瓜是我买的，本想用它来炒虾仁，青瓜和红白相间的虾肉，想想都很美。先是吃别的菜忘了它，然后我就因为上班失去了做晚饭的权力，然后先生就说：“我可以用它做角瓜酱吗？”为什么不可以呢？土豆切片，角瓜切片，加上东北生酱，炖了一会儿，他问我：“我可以把它弄碎吗？”我说：“你喜欢怎样就怎样吧。”于是我的曾经碧绿的角瓜失去了我认识的颜色和形状，饭桌上出现了一盘看不出食材本来面目的菜。平时只吃一碗饭的他，那天吃了两碗。

我坐下又起来，盛了一碟自己腌的白萝卜小红椒。

饭后收拾厨房，打开冰箱的时候我发现了前几天剩下的半颗球生菜，最外面的叶子边缘已经蔫成了菜干。他做饭的时候，菠菜之外的叶儿菜通常都是不碰的。他说这些菜的“菜性”他不熟悉，但菠菜是他家小园儿里常见的，也是他从小吃到大的。看着这半颗生菜，我忽然想起刚结婚的时候，我做了一桌子菜招待他的父母，他走过来皱着眉头说：“这也没什么可吃的呀！”我气愤得欲哭无泪，桌上的菜不但荤素搭配卖相很美，而且真的是“一桌子”啊！后来我才知道，他的意思是：怎么没炖个白菜土豆茄子豆角啥的呢！

不上班的时候当然就得进厨房，再说，人家都给我做了三天的饭了。

青虾开背，平整铺盘，撒上蒜末，倒一点鱼豉油，开水上屉蒸，七八分钟就好。这是懒人菜，也是笨人菜。

蔫了的生菜拆开、洗净，清水里浸泡一会儿好歹也能回复一些脆嫩的模样。葱花、蒜末、红椒粒下热油锅，用少许盐和蚝油调味，我的“生菜”就变成了“熟菜”。

他点名要吃我做的鸡蛋羹。我说：“那你就去磕鸡蛋。”我说四个，他说六个。好吧，那就六个。我做饭的时候更喜欢一个人把厨房门关起来，但有时，我愿意看见家人在我眼前。鸡蛋打散，蛋液过细网漏勺，滤去泡沫和没打碎的蛋白，只用盐，加适量冷水，搅匀。大碗蒙上保鲜膜，还是开水上屉，一般十分钟后就可以了。

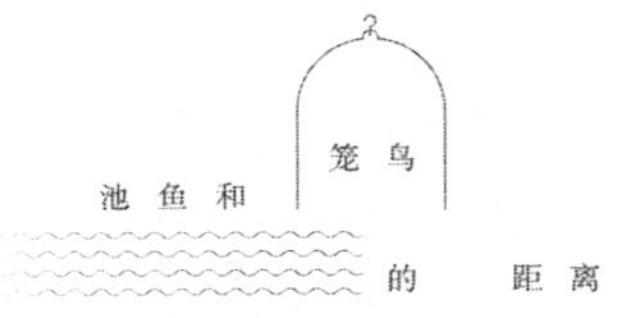

撒几粒绿色的葱花，再淋半匙海鲜酱油，调味也调色。眼下算是春天，户外还不曾见得绿意，那么总该在餐桌上见一点吧！

总有朋友说，别用保鲜膜，用小火，慢慢蒸。我没那个耐心，总是想又不常吃，没什么的，比起直接用塑料袋拎麻辣烫的不知要好了多少倍。

前阵子，本地的“呼兰头刀韭菜”就上市了。我从没体验过老杜“夜雨剪春韭”的生活，但这并不妨碍我吃韭菜。我嫌做面食烙韭菜盒子费事就用直接用它来炒菜，炒土豆丝、炒鸡蛋，把它和嫩黄的干豆腐、银白的绿豆芽炒在一起就成了又好看又好吃的“合菜”，配米饭卷春饼都很妥帖。

新闻里说南方运来的香椿芽已经上市，虽然卖得贵却很走俏。我们这边纬度高，不长香椿，香椿树上的嫩芽又大概只有半个月的采摘期，所以算是稀罕物。我家每年都会吃个两三次，今年的计数还没有开始。

如今的蔬菜种植业很是发达，南北物流又畅通，连海南的物产都可以在三两天内从枝头抵达舌头，想吃些什么都不是难事。但我还是盼着这塞北真正的春天早点到来，盼先生牵着我的手去江心岛，掐一段甜柳的嫩芽给我尝春天的味道。我自己找的都是苦的，什么样的甜他不告诉我，但是好在有他就有甜柳芽。回去的时候我们会顺手采一捧野蒿的芽尖，用水焯了，无论是凉拌还是做汤，那独特的香气都会一直回荡在齿间和心上。

阳光下的针线

大东北的春天总是来得迟些，往往就算季节到了，温度也很难真的升上来。冷空气和暖空气持续进行着“拉锯战”，人们也只好在棉裤—秋裤—单裤—棉裤之间毫无规律地更换着装，那些勤快得早早收起棉衣的人更是翻箱倒柜地折腾了好几个来回。

这个五一小长假，虽然仍有“呼啸”而来的春风，气温却也攀升到了二十度以上。正午时分，也有人穿上半袖衫在阳光下快乐地行进，不时斜一眼身边穿夹克衫的人，嘴角透出诡谲的笑意。这样的天气里我自然也要出门去看花看柳，在日渐馥郁的丁香的芬芳里走过铺满杏花花瓣的小径，在“万条垂下绿丝绦”的柳荫下赏玩水中闲散的红鲤。我的家乡从冬季的一片银白变成了花团锦簇的新模样，曾经光秃秃的枝干草坡似乎在一夜之间就五彩缤纷起来，天上地下被一双无形的手，缝制成一袭锦绣的霓裳。

料着气温不会再有大的变化，我清洗了厚一点的衣服，正式开始换季的收纳。收着收着，我放下衣服，找出柜子里的针线盒——比对着挑出与衣物颜色最为相近的线轴，将线头儿穿过细小的针孔，钉牢那些松动的扣子，缝上那些需要补好的破洞。做这些的时候，我特意选了窗下阳光充足的地方，以照顾我貌似已经有些“老花”的眼神儿。

如今的面料大都耐磨，衣服也不需要穿太久，需要连缀的破洞几乎都在内衣和袜子上。内衣是人的第二层皮肤，穿得久的旧内衣更是，那份柔软和舒适是新内衣无法比拟的，穿出破洞也不肯丢掉，这与生活节俭和性情懒惰都没有关系，爱的只是它贴在前胸后背胳膊腿上那种柔若无物的感觉，以及它上面附着的“自己”的气息。

家里某两位都有着顽固而坚韧的脚指甲，袜子破洞是常事。弟弟结婚的时候，我和先生从外地赶过去，进屋换拖鞋时先生的袜子前端赫然就是一个破洞，我和他都有些尴尬。弟妹没说什么，却偷偷嘱咐弟弟第二天给先生一双新袜子。婚礼结束我们一起回家，弟妹殷勤地给姐夫递拖鞋却禁不住哑然失笑——早晨刚上脚的新袜子再现破洞。当然这小意外也顺理成章地洗脱了我“不贤”的罪名。

我的针线活儿是奶奶教的，是在帮戴着老花镜的她“纫针”的时候顺便学的，不算好也不算赖，后来上大学时做过全班级有需要的同学所有的针线活儿。我手上的针线活儿做得是否细致取决于做活儿时的心情以及活计的必要性，露在外面的是“面子活儿”自然要细，缝被子什么的粗针大线对付一下就行了。

十三四岁的时候跟着奶奶找东西，翻出了她曾经用的绣花绷子和剩下的绣花线。我缠着奶奶要学绣花，奶奶却说：“都什么年代了，学这个干吗，好好上你的学得了！”大学快毕业那年我还学过一个为期二十天的“缝纫班”。那个班不是只交学费就可以的，入学门槛是至少要有小学二年级的文化。结果是乡下来的只读过两年小学的阿姨学会了，回家去开了个缝纫店，我这个大学生倒没有学成。

送女儿上大学进了宿舍，忽然想起少了一样东西。我跑遍她校园里所有的杂货店终于买到了我想要的针线盒，小小的盒子里自带十几种不同颜色的尼龙细线和一包针。女儿说：“要这个干啥？”我说：“你那两三天就破的袜子不得自己补啊？”她一边说“哦哦”，一边把针线盒放进手边的抽屉。也是在她十三四岁的时候，我就教会了她用针，但也只教了两种技能：一是用任意针法钉扣子，只要钉牢了就行；一是用“对针”补袜子，只有这种针法补出的袜子才不硌脚。这个年代，难度更高也更细致的活儿，已经用不着她亲自来做了。她有没有钉过扣子我不知道，但我看过她用黑线补的黑袜子，还好；也看过她用红线补的白袜子，很丑。

当初之所以想起教她做针线是因为我的一个博士同学。读书时候的一个冬夜，一起回宿舍的路上，她突然说：“方儿姐，你等我

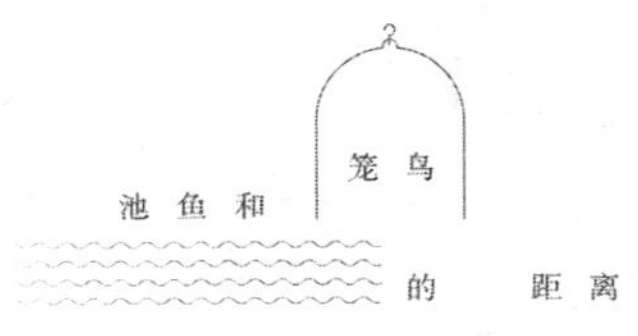

一会儿呗！”问她干吗，她指了指身上的皮大衣，又指了指左手边做零活儿的缝纫店，说要去钉个扣子。我说：“你是没有对色儿的线吗？”她说：“我不会。”我看了看这个1980年出生的师妹，拉起她就走：“去我屋里，你把钉扣子的线给我吧！”这个当年不会钉扣子也不会做饭，爱人一出差就只能吃食堂的师妹，在有了宝宝以后不但成了一个优秀的厨娘，而且把宝宝养得肉肉的，很是可爱，只是不知道她是不是仍是“横针不拈，竖线不动”。

带学生去参观萧红故居时，年轻的女讲解员指着一张照片说二萧去见鲁迅先生前，萧红连夜为萧军赶制了一件衬衫，就是二萧合影上萧军穿的这一件。她接着说：“这就可以看出萧红是一个心灵手巧的姑娘。”前排的“95后”女学生们情不自禁地发出连片的赞叹，我站在队尾却一直想笑——如果这也算心灵手巧，那么那时候又有哪个姑娘不是呢？

虽然我也已经做不出那样的手工，可是我知道“女红”是从前女子的必修课，从先秦流传下来的女子“四德”“德言容功”里的“功”就包括这个。直到我母亲的那一代，哪怕是像她那样一直读书的女孩子都能做出日常生活里所有没有太高要求的针线活儿，钩针织针更是能在手上翻出花儿来。我用缝纫机也是母亲教的。而萧红那个时代，桀骜不驯的张爱玲身上所着的奇装异服大多是自己的手笔，淡雅得仿佛不食人间烟火的林徽因不但做自己的旗袍还要做家人的衣裳。

如今总有人认为女性做针线、做饭、做家务就是男女不平等，是女性受欺压受气的体现。可是女性什么都不会做就是男女平等了吗？这样的女性就金贵了吗？说到底，这些都是小事，都是生活的技能，是给自己带来便利和提升生活品质的手段。且不说那些特别“费袜子”的人是否有破一双丢一双，丢一双买一双的财力，也不说老祖宗教导的“惜物惜福”之理，单说看着自己补好的平整舒展的破洞的那份儿成就感就是一种生活的乐趣。好吧，你可以说我变态，但我真的很有成就感。再想想“笑破不笑补”的老话儿以及其中的道理，就更有成就感。

在这个暖暖的午后，收起我的针线盒，收好沾惹了阳光味道的衣物。隔壁的书房，没看完的《三国志》还摊在桌上，早前没喝完的茶也早已凉透在白瓷茶盏里。

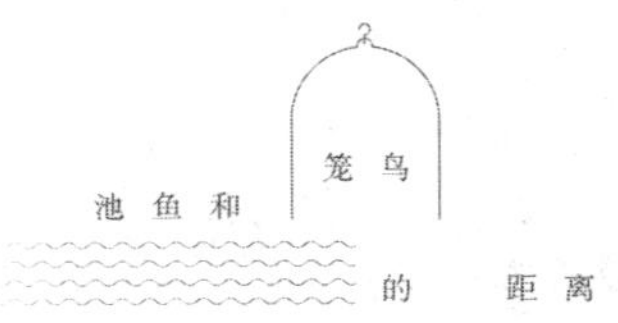

没有父亲的国庆节

某一天晚上，我在火车站的站台上等车，准备去省城看望妈妈和女儿。那几天气温骤降，我穿得很多却还是觉得冷。忽然，随风飘过来一阵熟悉的烟草气息，那是父亲生前常带给我的味道。转头看去，一个人正举着一点萤火从我身后经过。

我不知道父亲是什么时候开始吸烟的，但自从我女儿出生后，父亲就很少在她面前吸烟。有时，大冬天的，他会一个人披了棉衣去阳台吸上小半根，再回来逗弄他心爱的外孙。我常担心他会因此感冒，他却总用“没事”来搪塞我。

就在我等车的这个站台上，那年春天，父亲去弟弟家，途经此地时还特意下车，把他一直为我们留着而我们却始终没有机会回去吃的小羊排亲自交到我的手上。那天的站台上阳光暖暖的，父亲的精神还很好，眼里是慈祥的笑意，我触碰到的他的手指是暖暖的，一直暖到我的心里。目送他重新上车，看列车缓缓开动，我心里还洋溢着绵绵的幸福。

可是第二天一早，父亲就因为脑中风住进了医院。

父亲病着的时候我也一直心怀希望，我愿意守在他身边，哪怕能够用轮椅推着他去江边散步，哪怕要一勺一勺地喂他吃饭，哪怕要一天几遍地为他洗衣。可是，他竟然不肯给我这样的机会！

前几天出去办事，同行的年轻人给大家买了小瓶的农夫山泉。虽然是小瓶，我也没有喝完，就顺手放到了包里。这是我的习惯，也是节约用水的好习惯。晚上回到家，把包儿里的东西掏出来重新整理时，我一眼就看到了这个水瓶。

白天忙着单位的事，心情焦灼而急切，拿起水瓶时我也没有留意。到了晚上，闲下来，才发现水瓶上的红色是那样地刺人眼目。被它触动了情怀，我的泪不觉扑簌而下。父亲最后的时日，每天缠绵病榻，一直用这样的瓶子喝水，有时甚至固执到只有我去了才肯放手，让我拿去洗涮，给他倒上晾凉的凉白开。女儿吵闹着过来找我问题，但看见我满脸的泪水时她默默地走开了。她或许不知道我究竟是为什么，却知道此时最是不宜打扰。

有一次姑姑和姑父约全家三代人吃饭。席间，母亲忽然说起我先生和弟弟都不曾陪父亲喝过酒，每年过年都不热闹，虽然她知道

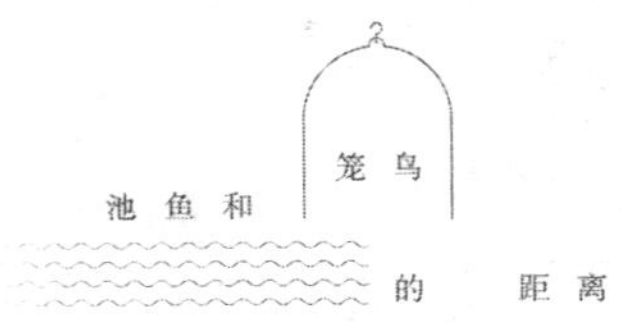

这两个人都不擅饮酒。听到她的话，我心里抖了一下，却强迫自己不再往下想。今早起来，先生说：“妈昨天是不是怪我了？”我说：“不是，她只是觉得有点遗憾！”“遗憾”两个字一出口，我的泪不觉又来了。当时我正用两手为女儿拆解一只鹅头，先生忙一边用纸巾为我拭泪，一边连声说“对不起”。

父亲离世已有一段时日，我从没有掐指计算却总会在不经意间想起。农历九月初四是父亲的生辰，从前，差不多每年国庆，我们都会在放假回去的这几天替他过个简单的生日，无论是比九月初四早些时日，还是晚些时日。

父亲在世的时候大多在忙他自己的事，很少教导我们，大约他信奉的是“言教不如身教”。但父亲也曾给我讲过一些极富哲理话，说多不多，说少也不少。

这其中给我留下印象最深的是三句话——

父亲说：“远敬衣裳近敬人。”

父亲说：“文无第一，武无第二。”

父亲说：“前三十年看父敬子，后三十年看子敬父。”

就因为父亲这三句话，我一直在努力，一直在努力……

落菊如莲

案头有花。

虽是黄菊，却落如莲台。

它是在我眼前倏然落下的，悠悠的，也是幽幽的。

那会儿，我正沏了茶，要向它跟前的隔热垫上放杯子。

从来看菊，都是一瓣瓣或是几瓣瓣地落下，总有簌簌之声嵌进我书本间沉潜的思绪。“宁可枝头抱香死”的菊只在古诗中，从没在我的眼前出现。

可这一朵，的确是整个落下的，半滚着震颤了一下，就趺坐在那里，如悟了道一般，寂然。

三天了，我没有动它。

家附近有间花店，偶尔动了凡心的时候我就会光顾一下。

那天出去买咸菜，手上提着这大俗的东西回来，却被路旁玻璃门里热闹的黄色招引了双眼。

这时节，东北的天儿还冷，旧报纸、塑料膜裹了好几层店主才肯放它出门。

回到家就剪短了花秆儿，顺手插在一只不用的茶杯里。

放弃了高高的花瓶，它才更方便与茶香一道在我探手可得的左近。

后来去看妈妈，又分了几枝给她。

我只留下三朵。

如莲台这一朵不是最先落的。

最先落的那朵的花瓣差不多都给一本书接住了。

那书是我看了两天随手放那儿的。

《文心雕龙札记》，黄侃著，吴方点校。

在鲜花与礼仪相关的今天，很少有人送花给我。带来芬芳的除了我的学生，就是懂得自我怜爱更懂得惠及他人的姐姐。

从来没有男性送花给我，任何一朵，任意一种。

先生有时会半真半假地说："你是不是特遗憾？要是有人送一束玫瑰给你，你是不是就会跟人走了？"

我笑笑，说不会。小时候不会，现在更不会。要是那样，这一小把子年纪岂不就白活了？

我不是极其爱花的人，看花动心的时候并不多。

想要的时候也更喜欢自己去店里挑，想要哪种买哪种，想要几枝买几枝。

我从不认为鲜花可以负载人世全部的感情，虽然我也会送花给我爱的和牵挂的人，虽然那花朵也是我饱满而深挚的感情。

但生活中，也总有一些形式与内容无关。

也总有一些内容不需要形式来表达。

言语宣誓的爱，不一定是爱。

指爪传递的暖，却一定是暖。

故地

我是在突然间想到要回那个地方去看看的。

那天的正午时分，一个人走在一条布满杂货的嘈杂的小街上，不知为什么就有一种孤单的感觉。初夏灼热的阳光已晒化了沥青路面的表层，那绵软的感觉从脚底一直传到我的心里，让我在刹那间就记起了早已逝去的童年。那些尘封多年的记忆猛然涌出时，我蓦然发现，原来这许多年它们从不曾离开，一直心怀叵测地等在那儿，等我在某一时刻的错愕中与它们猝然重逢。而那些依然清晰的印痕亦如同儿时粉红色塑料凉鞋上黏着的沥青，无论你怎样擦拭刷洗，它都倔强地在那儿，始终在那儿。

真正回到那个地方时已是暮色苍茫了。那之前我要朋友带我去看一座桥，他问什么桥，在哪儿，为什么？我说是我小时候住过的地方，靠近铁路，后来因为修跨线桥拆掉了，而大桥竣工有些年我却从没有回去看过。

朋友掉转车头带我去找路。明晃晃的路标下，我自己都有些迷惑了——原本那个被繁花绿草装饰着的极大的街心转盘早已不在，取而代之的是一座小小的孤零零的安全岛，上面是和别处没有任何不同的眨着眼的红绿灯。但我还是从街口那极不规则的形状认出了这个地方，这里是我许多年无数次背着旅行包走下公交车的地方，而刚从眼前驶过的车辆告诉我：那几条公交车的路线在这二十几年中竟然不曾改变。

顺着我曾无比熟悉的道路走过去就上了桥，桥两侧破败的建筑应该是城市建设中残存下来的，但多数已无法让我认出它的模样。车从桥上驶过，我在忙着搜寻、忙着忆往、忙着心痛，朋友却一语不发地绕行到桥下。我知道他是想让我更加切近地观察一下这里的景物，他希望我能看到我想看的东西，找到心灵悸动后的安宁与慰藉。

我是在寻找，虽然我不知道自己到底在找什么。仿佛懂我的心思，朋友的车开得极慢，像蜗牛的爬行，更像我沉缓的跋涉、滞重的心情。当我发现那栋二层小楼白色的墙壁上刷着“乡政街八号”五个黑字时，我的心猛地跳了一下，接下来便有泪欲出了。

从前很多年，我不知道自己曾有多少次在信封上郑重地写下这五个字，然后在一封封家书中写进我绵密的思念。可这里不是我的乡政街八号。我的乡政街八号是一栋三层高的红砖楼房，有四个单元，可以住二十四户人家，有十几个和我差不多同龄的小伙伴，我们楼前楼后的笑声叫声曾是那么高亢、那么生动。而且我们的楼前还有几棵枝叶婆娑的老树呢，给我们绿色，给我们阴凉，我们的楼房绝不是这样紧紧地贴在路边。

住在这里的时候，向小伙伴们炫耀我收藏的糖纸，曾是一件最让人洋洋得意的事。掀开我的褥子，下面自然平展展地铺了一层漂亮的糖纸，而且绝大多数是亮闪闪的玻璃纸，其规模亦称得上蔚为壮观。纸质的糖纸一经使用就有了清晰的折痕，怎么压也压不平，玻璃糖纸就没那么明显。再说，前者包的一般都是价格低廉的水果糖，后者包的一般都是价格较贵而且少见的奶糖。那时的糖纸足可以反映一个家庭的消费水平，所以我的彩色玻璃糖纸理所当然地会照出小伙伴一脸的惊讶和艳羡。那时我的大姑姑在印刷厂上班，她送给我的崭新的玻璃糖纸又薄又脆，平铺在手掌上，用另一只手轻轻一拍，立刻就会卷成一个卷儿，这是用过的旧糖纸无论如何也做不到的。

稍大一些，我就不大关注这些初级的东西，闺秀出身的奶奶开始教我认字、算术，看图识字的小本本和小人儿书渐渐不能满足我。恰在这时，我从箱子后面摸出一本欧阳山的《三家巷》来，满是灰尘又没头没尾。但这并不妨碍我以孩童的心境磕磕绊绊地随着少年周炳一道走过他人生那段极富意义的里程，一遍又一遍，很盲目也很投入。我喜欢这本书不仅因为里面恬静地睡着一个永远十四岁的美丽的区桃，还因为率真勇敢的周炳去扛枪了，肩上还飘着一条猎猎而舞的红绸带。也许因为叔叔当过兵，我从小就能感受到军人的崇高和伟大。

我小屋的吊铺上有二叔穿过的军用棉袄，极肥大也极臃肿，但我总喜欢背着大人，踩着梯子极小心地拉它下来，套在身上比试一番再悄悄地塞回去。那会儿，我小小的心里还有一个当女兵的梦呢，“不爱红妆爱武装”，我喜欢那份儿干练威武和飒爽英姿。然而梦终归是梦，我最终还是与军营无缘，而是做了一群孩子红妆的先生，带着胸中的爱意和满身的书卷之气走进课堂，尽我传道授业的义务。口令军号、炮火硝烟都已与我遥遥万里，二十几年的时间距离更是让人无法逾越。

我的乡政街八号有我童年的欢笑和少年的梦想，而我的奶奶，我最亲的亲人就是在那里，怀揣着我被称为“作家”的骄傲和我的小女儿给她带来的四世同堂的快乐，她是无比从容地去了天国的。她在临终前告诉家人为她打开所有的窗子，她说她要去见耶稣基督她敬爱的主，然后她就在那片冬日煦暖的阳光中离开了我们。奶奶去世后，叔叔又在那里住了几年，可我却再没有回去的记忆，我对那里最后的印象差不多就停留在了奶奶离去的时刻。再后来那里就开始拆迁建桥，虽然许多年不曾回来，但我却知道眼前的房子绝不是我的乡政街八号。

就在我一走神儿的当口，前面突然没有了路。一堵高大的砖墙静静地张着一副冷酷的面孔挡在我的面前。我立刻意识到，墙的那一面就是我们小时候每天去玩耍的铁道了。它曾经以它的深邃与悠远热情地接纳了我们和我们无边的年少的遐想，可现在，它却用一堵墙彻底地粉碎了我再度亲近它的企图。

重新回到桥上时恰好有列车从桥下经过，车厢里灯火通明，人头攒动，仍是我小时候无数次见过的模样，只是曾经的仰视变成了今天的俯视。大概听到我轻轻的叹息，朋友干脆把车停在了桥上。客车的另一方向有一列货车开来，车头上的大灯像一对明亮的眼睛刺破夜色的浓黑，然后货车拖着的车厢就如同一条长长的黑色的尾巴从我的眼前划过，只有车轮与铁轨撞击的声音提示我桥下正有车通过。

我给朋友讲，小时候如何看到国际列车上金发碧眼的女郎，如何看到最原始的冒着黑烟的火车头拖着五十几节车厢呼啸而过，我们如何沿着铁轨去寻找那些刚刚绽放的金黄色的向日葵。他不说话，很有耐心地听我絮絮地说。我们离开前，他握住方向盘很认真地说：“你要快乐一点！”

那一晚躺在床上的时候，我很久都没有入睡，因为我知道，过去的日子和过去的地方我真的再也回不去了。

四季食事

茉莉花茶

傍晚，一个人去一家不大的餐馆吃饭，服务生问了几位就引我到了靠窗的桌子前。等菜的工夫，他送了一壶茶给我。擎着杯子，刚刚看见茶色，我便不由地笑了——因为我忽然嗅到一种曾经无比熟悉的香气，那是久违的茉莉花茶的清香。

花茶是我小时候家里人常喝的茶叶，从祖父到父亲，还有偶尔的我。茉莉花茶据说是用茉莉花熏蒸、窨制过的茶叶，所以开水冲泡时会有比较浓烈的茉莉花香，那香气常常从壶中杯底溢满整个房间。而最好的花茶是只留茉莉花香，而不会残存半点茉莉花的痕迹，没有花梗也没有花瓣。在绿茶、红茶、黑茶、白茶渐领风骚的日子里，花茶似乎是在不知不觉中淡出了更多人的生活。从前就常听说北京人最爱花茶，今日看来果然名不虚传，不然我也没法在几十年后的小胡同里与之重逢了。

张爱玲写家乡情怀时曾写过至为古典的沉香屑，也写过相对时尚的茉莉香片，而茉莉香片就是茉莉花茶的别名。“窨得茉莉无上味，列作人间第一香。”小时候家里也曾养过北方气候里不大好养的木本的茉莉花，那个时候就不明白那些小小的白白的花朵怎么会散发出那么特别的香气，而且还可以随着傍晚的微风传送到很远的地方。而当我在那些品质并非上乘的花茶中发现它早已枯萎却香气犹在的身影的时候，稚弱的心灵里不期然升起的是更多的新奇与更大的震撼。

写这几个字的时候，我的齿间还存着方才茶叶的味、茉莉的香。我在缠绵的心思里，想念我的祖父和父亲，想念从他们的杯子里偷偷啜一口茶汤的岁月……

我的泪又落下来了，在不知不觉间。

绿豆汤

某天，一个平日不大说话的朋友在微信上冒了出来，说自己为工作上的事烦心、上火，“鼻梁上都长小疖子了”。我笑笑，想想眼前已是春花落尽初夏来临，就逗她说：“煮点绿豆汤给你喝好不好？”其实忙碌的她在城市的另一端，必是无心也无暇为一碗绿豆汤更添一场奔波。果然她说谢谢，不必了。

想想自己近来也总是时断时续地喉咙痛，于是决定真的要煮一锅绿豆汤。

外面的天阴着，刚落过了几滴雨，但我还是换了衣服去楼下的粮店买绿豆。称绿豆的女孩是一副极其慵懒的神情，收了钱就靠在桌边发呆。

回到家将绿豆淘洗下锅后我才发现，原来自己恰好走在了两场雨的间歇里，又一次体会到了人生的一点小幸运。

坐到电脑前，我继续查找我的资料，看关于高考的报道，替马上就要中考的女儿看相关的政策和信息。心思一片纷乱之际，我却还是知道我的绿豆在沸水里正经历着脱胎换骨的煎熬。

小时候天气极热的季节，妈妈常为家人熬煮绿豆汤。我一贯对数字和时间都没什么概念，只知道要用小火煮很久很久，然后妈妈会用小碗盛起，晾凉、加糖。放学进门扑过去喝上半碗，干渴的喉头立刻就有了无比甘润的感觉。后来想想，绿豆汤的确是清凉解暑的佳品，可灶台边上的那份烘烤应该比暑热更加难耐吧。

读硕士的时候，食堂到了夏天会供应免费的绿豆汤。绿豆煮得很烂，绽出豆皮的部分如一只只小小的玉色的蝴蝶。这是我在那时的文章里就用过的比方，同学们都说很是恰如其分。后来，新推出的豆浆机也可以打绿豆，可那浓稠的口感没半点清爽的意思。如今我用的是微电脑版全自动的锅具，它既可以百分之百地解放生产力，

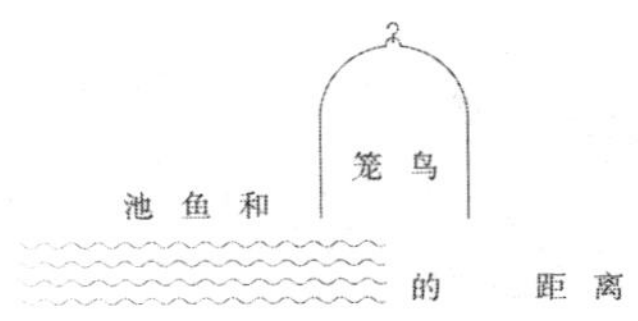

又可以给我原汁原味的绿豆汤。

一个小时后，将煮好的绿豆汤盛在细白的瓷碗里，一碗加白糖，一碗加冰糖。手握汤匙，我想一个人过一个奢侈的中午，怀念几十年来缠绕在齿间的家常味道。而尚且暖热的锅里，是我这个妈妈留给女儿的爱。

过桥米线

沿路找到那家久违的米线店，点了餐，我静静地寻个角落坐下来。除了房间的格局有点变化，招牌、气息都还是当年的模样，而我快有整整五年没来过这里了。

多年前的暑假，当我决定再回校园攻读博士学位的时候，我为自己报了一个外语提高班，上课的地点就在这家米线店附近。

刚过来上课的前几天不熟悉周边的环境，到了中午就没头苍蝇似的找吃饭的地方。试了几家都不满意，后来发现了这家米线店就差不多天天来吃。因为觉得他家味道好，有一次还特意约了老公顶着晌午的太阳一起过来，在户外的小方桌上共进午餐，不大肯在外面小店吃东西的他，也说味道真的很好。

那一个月的课程结束后，我就再也没有来过这家店。来来回回乘车经过的，都是与它只隔几十米的这个城市里十分著名的那条宽阔笔直的大直街，只是我一直没有忘记这条略显沉寂的小街上的这家小小的米线店。

读了博士之后，我也几次说要在毕业的时候再来吃一碗米线，但终究没有成行。不久前丁香盛开的时候，我去一家书店买书，选择的路线碰巧经过它旁边的斜街，坐在车上探身一望，见它红底的招牌还在，心上不由就涌起丝丝缕缕的暖意，就在丁香的漫天清芬里想起那个背心、短裤、马尾辫、平底鞋外加过桥米线的炎热的夏天。那个夏天，和我一起上外语课的同学是一群刚刚结束大学三年级孩子，其中还有我教过的学生，只是他们不敢和那些素不相识的小朋友一起喊我“姐姐”。

今天，出来办事，地点就在这附近，出来的时候也正是午饭时间，似乎是想都没想我就转到了这条街上，进了这家店。

每份米线的价钱好像只涨了两块钱，但味道却差了好多——我最爱的切得极细的豆腐丝量少了，蔬菜的品种也很单一，汤的味道十分寡淡，麻油似乎也不够香……我的感觉或许和《社戏》中的迅哥儿有些相通之处，却又不完全是一回事。因为他再也没吃过那夜的好豆子，而我却知道别的地方还有更好的米线。

其实还没有走过来的时候我就知道，我怀念的除了米线，还有当年那份不可违拗、不忍放弃的奔赴考场的人生约定，以及那后面潜隐着的甚至不为我自己所知的我和某些人、某些事的死生契阔。

冬天的寿面

妈妈过生日的时候正是春运刚刚开始繁忙的时候，票不大好买，车上人又多，可我还是携夫带女提前赶了回去。因为各种原因我已经好几年没有回去陪妈妈过生日了。

家里人不多，却有好几个人的生日是在冬天——我生日那天自己煮了碗面，老公生日那天是我帮他煮了碗面，弟弟生日只能发个短信遥祝一下，不知他有没有想起吃面。

那天早晨，习惯睡懒觉的我早早就起来了，妈妈说你要干什么?我说我给你擀面条，妈妈说不用你。我一边说为什么不用，一边就系好了围裙。家里的面板和擀面杖都是我熟悉的，从小我们就是吃着妈妈擀的鸡蛋面条长大的，在很长一段时间里，我最爱吃的食物就是面条，最最爱吃的就是妈妈擀的面条。妈妈不但夸说自己的手艺，还总是向我夸说她的枣木擀面杖有多么好看又有多么好用，弟弟则说：“大姐，将来你那一半就别要了，整个擀面杖都给我算了！”

结婚后的前几年我也曾在自己家里擀过面条，后来嫌麻烦就只吃买的切面和挂面。算起来，我不擀面条的日子也有六七年了。这一天“重操旧业”却也还算熟练，也让我想起当初妈妈教我和面擀面条的点点滴滴。面饼擀得还不错，也够薄，也够匀，但操刀来切的时候才发现，真的是多年不练，面条切的有些粗细不一，但妈妈看了一眼说，还行!

妈妈吃面的时候我没敢去看她的表情，我怕她会有什么感动或是别的东西。于我而言，这毕竟只是我该做的许多事中微不足道的一件，而更多该做的事是常在异乡的我所做不到的!

因为父母的缘故，我常跟人说，养儿育女最大的幸福该是让他在膝下承欢，但真正爱孩子的父母往往又不是这样做的。我的一位老师儿女双全却都在国外，他曾几次感慨着对学生说："将来怕是要你们来给我送终了！"

自从爸爸妈妈六十岁后，我总是记不起他们确切的年龄。想了很多次为什么，我终于发现这是出于记忆的选择与回避——是我不愿记得！我不愿记得爸爸妈妈在一天天地变老！每年让他们吃一碗我做的寿面竟也是奢望，养这样的儿女又有什么意义呢？

腊八有粥

腊八那天，差不多读了一天的书，不知疲倦，身心轻盈。看看天色将晚，忽然想起自己还有主妇的职责，况且早晨我就泡上了红豆和绿豆。

走进厨房，开始翻我的柜子——大米、糯米、银耳、枸杞、红枣，加上我的红豆、绿豆，因为没有出门也没有特意准备，好像很难凑够八样。爱人说，不行就放瓜子吧，也算是"八宝"嘛！家人平时很少吃瓜子，女儿尤其怕像邻居阿姨那样因为嗑瓜子把门齿"嗑出一个豁儿"，于是几乎不碰，当然她也不会"嗑"只会用手扒。没想到前几天朋友送的一大包青冈特产大瓜子此刻真的派上了用场。

将所有原料一起放入阿迪锅，煮好时真的是香喷喷的，豆子糯糯的，银耳滑滑的，红枣甜甜的。已经是晚上八点钟了，可老公还是一口气喝了三碗，女儿也很捧场，自己也很得意。美中不足的是，只顾着喝粥忘了拍照了，所以没有图！我是一个喜欢美食的人，不仅喜欢吃，而且喜欢亲自动手做，总想抽空学个烹饪班什么的，把好的食材加工出好的味道，却总是没有时间，想起一回就难免遗憾一回。

吃腊八粥，习惯上是要加糖的。家里的白糖很长时间没人动，已经结块了，和女儿一起挖得很吃力，但好歹足够喝粥了。但下次怎么办呢？用妈妈教的办法：切一块苹果放在糖罐里。初九早上起来，绵白糖果然变得极其松散了。有妈妈永远是幸福的！

盛粥的时候还和爱人说，婆婆要是就住楼下该多好。我的意思是那样她和公公就可以在腊八喝到我煮的粥了，可我们住的没有这么便捷，而我自己的父母更是在另外的小城。腊八这天，粥是暖的，心上却有一丝丝的凉。你当然明白，这凉并不是因为天气！

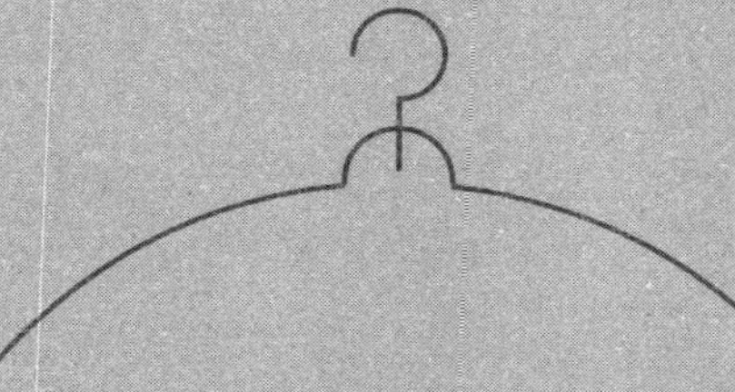

第 二 辑

“物”语传情，流连那一寸指尖的温度

“人”与“物”从不可分，从最初的草叶兽皮到后来的陶碗骨珠，再到后来文化的附丽与工业的再造，每一件“物”都凝结着记忆与情结、沉思与感悟。每一次拿起与放下之间，绵延不绝的丝缕之情都在为你诉说另一种意义上的“不曾放下”或是“放不下”。

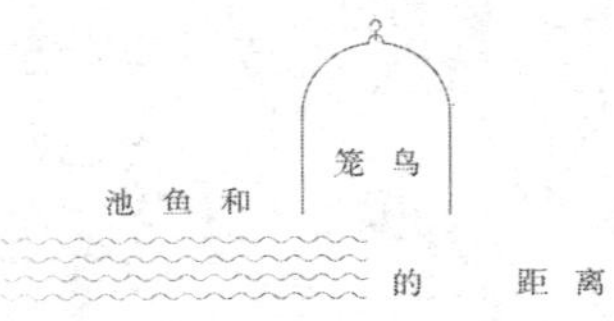

镂空表

手上戴了一款镂空表，差不多是镂空面积最大的那种，看得见大大小小的齿轮在不停地动，初看时会有点眼花。卖表的姐姐说，这么大的镂空面积，是对时尚的追逐，也是厂家技术领先的标志。

某一天，有朋友看了一眼，说：“这表设计得也太复杂了！”

后来也总有人不时说起相同的意思。

我总是笑笑，不说话，亦不想反驳。

事实上，正相反，这表是设计得太简单了些——它没有用一张金属或其他材质的薄片把手表的内芯遮蔽起来，而是将它最自然的样子进行了完全的展示。于是，我们看得到表芯的构造和齿轮的运转，而且几乎一览无遗。

说复杂的人不止一两个。

可是我们眼见的复杂，只是我们平时在其他传统手表上看不到的部分，也是每一只手表工作时的必然状态，匀速而又匆遽。

由此，我想：生活里，有多少客观存在却没有让人看到的东西被我们在无意中忽略了呢？比如那些白昼里漫无边际的遐想、那些深夜里拳打脚踢的忙碌，以及那些无法言传的爱的信任与托付……

太多的时候，我们都相信所谓的“眼见为实”，可生活中总有一些真实是我们的眼睛看不到的。

落雪的时候你在梦里，你未曾见到那一场纷纷扬扬的洁白。待你从曙色中醒来，那片洁白也许早已着了尘灰的颜色，也许早已落上了脚印、车辙，而你未曾见过它的坦荡如砥、它的纯净无瑕。而你不曾眼见过的那一片宁谧，当然不是从不曾在时光中出现。

网络小说中经常有假装柔弱的恶毒女二，惯用他人未见真相的主动倒地甚至自残来诬陷无辜的女主，借以制造一场又一场的误会。你眼中的风尘仆仆、意气风发，掩藏了多少暗夜的不眠、人后的颓唐。也只有你自己才知道，你给父母的若无其事的笑颜，又遮蔽了多少灰暗、凄苦和不如意。

那些不曾被暴露的，是层层夜幕下被掩盖的什么，或是转角处突然换上的眼中的明媚，或是转身后却滑落了再也绷不住的滚烫的热泪。甚至于那些你不曾见过的悲戚，你不曾听过的号啕。

生活的某些情节和片断，其实带有极强的欺骗性——客观的，或是主观的，它所传递的信息并不是事实，事实恰是你所不曾见到或是还没来得及见到却碰巧被什么打断或遮蔽了的，而因为时间或什么的阻挡，永远不再有被你看见的可能。

永远不要只相信你眼睛看到的，而要相信你用心看到的。

流苏

从小就喜欢流苏，只是那时不知道它还有个这么美的名字，我们通常只叫它“穗子”。而我们那时最常见的流苏就差不多只有过年时飞舞在寒风中的大红灯笼明黄的丝穗，或者是端午节悬在碧绿的柳枝艾草间纸葫芦下方五彩的飘带。我迷恋古代，总觉得古代女子身上和闺房里有两样东西永远最美，一个是流苏，另一个就是步摇。流苏有纯粹用作房间装饰的，如古人诗词中时常提到的“流苏帐”——王维说“翠羽流苏帐，春眠曙不开”，冯延巳说“高烧银烛卧流苏”，温庭筠说“流苏帐晓春鸡早”，欧阳修说“云母屏低，流苏帐小”，李清照说“玉鸭熏炉闲瑞脑，朱樱斗帐掩流苏”，贺铸说“炉烟微度流苏帐”，无一不是香艳旖旎，令人浮想联翩。就是用于衣饰之上的流苏，如荷包、香袋、衣裙的下摆或是丝绦的两端，设计者取中的也无疑是它那份摇曳生姿的风情。至于女子头上的步摇，就是在簪或钗的前端垂下一串或数串流苏，因佩戴者“步则摇”而得名。步摇之美不在于它的材质如何，而在于它与生俱来的招引之态，所以难怪当年白居易在《长恨歌》中描写杨玉环之美貌时也少不得要说上一句“云鬓花颜金步摇”。

首饰里，我曾经最爱各种各样的手镯，而其中的大爱又非玉镯与银镯莫属。而后来，因为玉之易碎，又不想因为必须小心待它而放弃指点江山和指手画脚的坏习惯，腕上就只剩了各色做旧的银镯。现代人戴镯子一般只是一只，而按传统这只镯子通常就要带在右手上，于我的读书写字都极不便，自然也不能常戴。于是对首饰的选择就慢慢转到了耳饰上，金银珠玉兼容并包。耳朵上的饰品，我最喜欢的不是耳钉也不是耳环，而是不长不短的耳坠儿。也许，这还是源于我对流苏的偏好。只是我不大接受那种过长的耳线，因为那种长度在我挑剔的眼中平白地多了些说不清的风尘气息。

许多年前，一位女性作家就写过一篇文章叫作《女教授的耳环》。说一个年轻的女教授上电视讲学术问题之后，观众的反应传来说：“当教授的怎么可以戴那么花哨的耳环？当教授的怎么可以画了眼圈还涂了胭脂？当教授的怎么可以流露出‘女人’的样子来？”那时的观点在今天不会销声匿迹，可是如今，那些本该比女教授风格更为硬朗的女性政治家也大多是戴耳环的。参加晚宴时，她们用来搭配低胸礼服的耳饰也不乏流苏的款式。

这两年流苏似乎特别受宠，包包上、围巾上、衣服上、裙子上，流苏无处不在。有一次逛商场，我不由自主地被一双脚踝处饰有流苏的高跟凉鞋面前惊艳不已。老公也赞它漂亮，坏坏地怂恿我买一双。我笑了笑，说："太妖娆了！"老公也笑，牵我绕开。虽然我们都知道，从内心到外在，我都不是那种与妖娆不搭界的女子。可是，我的职业习惯和我的心理状态都对它略有排斥，我的妖娆只在我的某一类文字之中和人生的某一重帘幕背后，只肯展示给特定的人看。有一次从火车站出来，遇到一个相向而行的女孩子。在我穿着一双平底长靴匆匆赶路的时候，我从她身边经过。我能够"经过"，就说明她的行走速度没有我快，步幅应该也没有我大，可是低头看路之际我还看是看到了不愿见的一幕：她穿着一双短靴，脚踝一侧美丽的流苏在她的行进中摇摆得惊心动魄。我偏头看了她一眼，想起那些我曾见过的穿旗袍骑自行车的"勇敢"女人。我知道我是在为那条流苏心痛！

在我心里，流苏是优雅的代名词，是柔和、闲适而唯美的装饰，它的美来自于它轻轻摇摆的风姿。可如果摇摆过甚，流苏的美就会被破坏殆尽。还记得张爱玲的小说《倾城之恋》，她给女主人公取名叫白流苏，流苏的妹妹叫宝络。宝络这名字虽然贵气十足却无端地多了几分持重，少了几分轻盈，而唯有流苏一样的女子才能在世事的挤压里觅得一块喘息之地并彻底地在乱世之中为自己凿开一条出路。

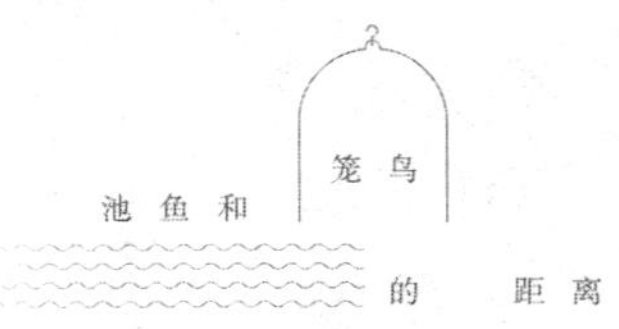

金枝玉叶

因为喜欢古典的一切，所以尤其希望自己能够沉静、内敛，于是便喜欢上了旗袍。这一喜欢就差不多有了十年的光景。

夏天的时候穿了件紫色略泛珠光的旗袍出去见一群文化人，衣服上的图案是翠色洒金的叶子和浅藕偏蓝的花朵，有趣的是连接叶子与花的藤蔓都是金线绣成的。打不到车，又赶时间，只好就近上了公交。刚刚找到合适的位置调整好自己的站姿，就听见一个男性的声音说："这件衣服好哇！"脚步就在身后，声音就在耳边，我知道他是在说我。但我一向不惯与人在路上搭讪，又觉得穿旗袍坐公交很不相宜，就没有说话更没有回头。

公交车开过几站地，大家的位置都发生了变化，我前面的女孩下车，把座位让给了一位老者。老者坐定后仰起头问我说："你知道你衣服上的图案叫什么吗？"我听出他就是此前发出声音的人，就因为对他年纪的尊重，谦恭而茫然地摇了摇头。因为我真的不知道。

与这件旗袍结缘很是偶然。那一年我还在读博士，每天坐在房间里穿着家居服囫囵着啃书，轻易不出门，更是有一年多的时间没进过商场。当然，那会儿的某宝也还不够发达，至少我还没有触碰过它。有一天必须要出席一个场合，找衣服的时候才发现自己胖了，适合季节的那几件都已经穿不下，只好挑了一件不很显厚的七分袖连衣裙。出席完活动出来，实在是热得受不了，就在下车的地方扎进一家不知名的小店，本来只是想不拘好歹怎么都要买一件，却不料居然惊喜地发现了这神秘的紫色和曼妙的纹样。

衣服穿了有几年，但因为金线略显隆重，所以出场机会并不是很多。那图案只觉得它别致、养眼，却从没好奇地想它会有什么名目。而且，我心里一直惦着的是去找裁缝量身做一件更典雅的。

那老者看着我和周围人迷茫的眼神，不无得意地宣告我身上的图案叫"金枝玉叶"。还补充我那天插在头上的发簪叫祥云簪，这一身配得很好。祥云簪是我上一年从成都带回来的镂空黄杨木簪，同时还看上了一根乌木雕花的，但因为太贵就没舍得买。我稍微转了下头脑就明白老者说的是对的，因为"金枝玉叶"四个字是那么的恰如其分。边上有人问他是干什么的，他说自己是搞工艺美术的。

下车时我向老者礼貌道别，也由衷地感谢这一程相遇。不然，

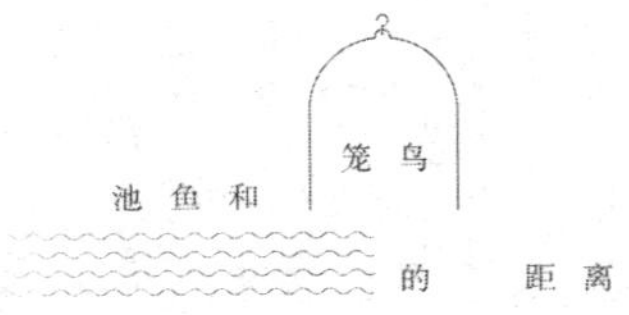

这件衣服我大概只能继续糊涂地穿着了。

那天以后，我总会想起老者说的“金枝玉叶”。当初，这件旗袍就在店里的衣架上，和别的衣服密密匝匝、挨挨挤挤地挂在一起，然后一道绲边、半片衣角就那么偶然地落到了我的眼中，那么讲究的色彩，那么鲜活的搭配，那么讨我这个挑剔的人的喜欢。可是，最关键的问题是：如果当初就知道它的名目，平凡如我，还会有据为己有的勇气和冲动吗?

鲜花的家常姿态

出去寄个快件，回来的时候经过一家叫作"红玫瑰"的花店。我记得它，是因为这名字和门脸儿一样招摇而且香艳。

本来没打算买花的，虽然明天就是一年一度的母亲节。我喜欢鲜花，却从来不是节日送花的拥趸。可是今天我却一反常态了。

距离花店十几米远的时候我还在想不要买花，可又向前几步却发现门外的花桶里全是些简易包装的康乃馨——温馨的花朵们彼此挨挨挤挤地簇拥着，那大小，一看就知道应该是二十枝，上面用一张简单的白纸裹住花朵，下面只用一根细线捆扎着——我于是毫不犹豫地进了花店。

我从来没在一家店里见过这么多的康乃馨，有这么多的颜色和

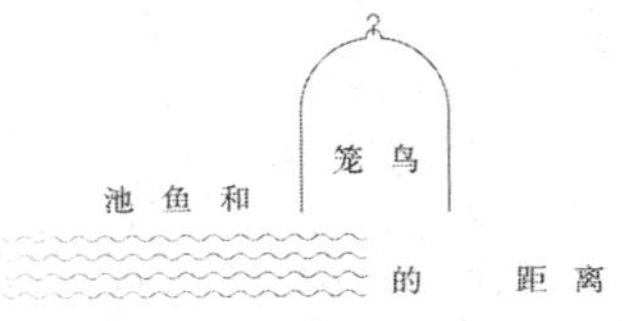

这么多的包装规格。

卖花的小妹柔声问我要哪种，我指了指在门口打动我的那种说："就要这个，三束！"

我的三束花是给妈妈和两个姑姑的，而婆婆不在这座城市。

抱着这成束的花朵走在回去的路上，我不由地心生饕餮之感：六十枝，我从没有一次买过这么多花，那沉甸甸的手感让心里充溢着丰盈的满足。侧过头去望向街边店铺的玻璃，一袭黑衣的我长发飘飘，再搭配手上的花朵，展现的是美丽的剪影——这美丽不在样貌，而在状态。

从前我特别羡慕西方电影里的主妇，她们装满牛奶、蔬菜、法式面包的购物纸袋里，通常还会斜插着几枝鲜花。那花朵，在我看来是养眼又养心的，代表着一种融合了爱与美的生活态度。而那些雪白的或是各色的格子台布，那些透明的或是不透明的花瓶，也都是我向往的。还有水润润的江南，据说好多地方的鲜花都是在菜市场里卖的，是和通红的萝卜、棕褐的山药、嫩白的莲藕、碧绿的叶菜放在一起卖的，不但把颜色调得更加丰富，而且便于主妇们回去的时候顺便捎上一把。我羡慕她们的生活，爱的是她们生活里鲜花并不高高在上的家常姿态。

我生活的城市在北方，卖的多是南方空运来的鲜花，品种齐全，价格也还合理。花店的数量虽不能说是星罗棋布，却也并不难找。我不是有钱人，也算不得有品位的人，但以我的条件要是想做到家里花开四季倒也不是什么难事，可关键是，我未必总有这样的与鲜花相伴的心境。我的匆忙而又焦灼的心态，时常让我会辜负了花朵的美好。

我承认，买花儿的时候我是兴高采烈的。可当我取了清水，把花朵们暂时养在我闲置已久的花器里的时候，我的心一下子变得空寂而落寞。不是因为我没有带出自己的一份，而是我突然明白：就算花朵有它的家常姿态，以我不到家的修为却还是没有能力与它谈一场旷日持久的恋爱。

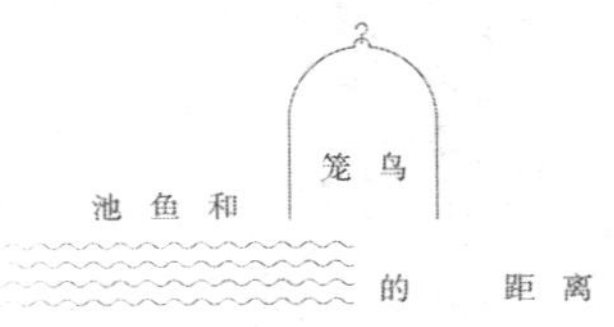

香水有毒

生日的时候，刚刚转行做营销总监的朋友送了一瓶她旗下的品牌香水给我。我推辞说自己不懂香水，也从不用香水。可她执意说：“用上一段时间你就懂了，而且这一款你一定会喜欢的，很知性。”

香水拿回来就一直放着，周身圆润的粉粉的小瓶子很养眼，扁扁的形状握在掌心里也异常舒服。有一天闲来无事，就想不妨试试它的味道。朋友说得对，我果然十分喜欢。它的前调和大多数香水一样，有一点我不大喜欢的甜腻，但中调之后，那若隐若现的淡雅的香气是让我着迷的。

我时常做案头工作，总是俯身在电脑前。经常，我会把它涂在腕上，让它在我的手指跃动间暗香浮动，这是提神醒脑的气息，也是私底下对自己的无度宠爱。出门的时候，我反而不大用，因为怕这香气会沾染到别人，让人家讨厌，或是为人家惹来不必要的麻烦。

《香水有毒》那首歌不是唱过了吗，“你身上有她的香水味”。我不知道那香水是优质的，还是劣质的，我也不知道怎样的接触才会让男人的身上留下女人的香，或是让女人的身上留下男人的香。可是在我的仍旧略带偏见的心思里，用香在品位与格调的象征之外，多多少少还是有一点儿别的不便明言的东西。说了，这是我的偏见，希望香水达人不要因此骂我。

换个角度想，那些留香持久的香水，或者也可以成为自我保护的利器吧——让别人不会靠自己太近。毕竟只有真小人才敢带一身别人的香水味回家，君子不会，伪君子不敢。

曾有一个女朋友送过我一瓶面霜，是开过封的。问她是用着不好吗，她回复很好。问她为什么送我，她说收人东西还问那么多干吗。那面霜的确很好用。后来她才告诉我说，她是因为想在一个人的面前有更好的气色才买了那瓶昂贵的面霜，可是见了两面之后，他们的感情就无疾而终了。而她只要再用那瓶面霜，就会感觉到一丝丝他们相见的那个冬天干冷的气息。她受不了这份折磨，我就捡了个便宜。

我从没想到过美妆的小物件里还会有那么多我所不知道的“附加价值”。这就难怪朋友们总是一边咬牙切齿地痛恨我的“单纯”，一边又无比艳羡地渴望拥有如我一般的“单纯”。

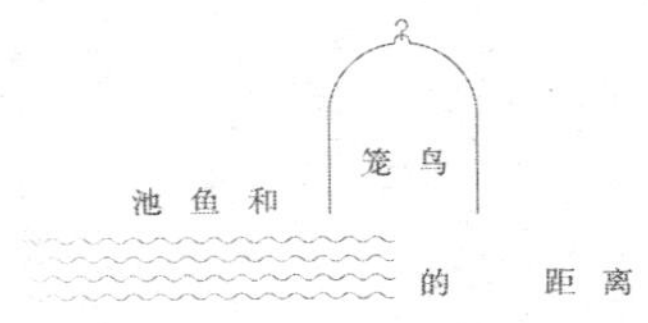

有一次和人聊天，忽然说到全球闻名、被无数吸烟和不吸烟的男性追捧的 zippo 打火机。我说，那打火机太原始了，要加燃料、换火石，还要掌握拨动滚轮的技巧，电子打火的多省事啊！对面的男士很包容地笑笑说："这就像你们女生，每天洗完脸，还要拍什么水啊，涂什么乳液、眼霜、面霜，还要擦什么粉底、遮瑕、防晒，怎么就不嫌麻烦啊？"我一边好奇他对女性的护肤程序怎么知道得那么详细，一边故作若有所思加恍然大悟地点头。其实，他不知道，他说的女生里不包括我！我是习惯偷懒且不负责向世界贡献精致的女人，十八岁以前一直是清水洗脸，上大学住进集体宿舍才被女孩子们引导着开始用乳液，第一瓶眼霜是三十几岁以后被同事逼着买的，时断时续的用法恨得她几次当众"骂"我。

某一场合和一个做百货的商场高管说到主要消费群体的定位，我说我上街时看到的那些中年以上的女人都是对自己下手够"狠"的，买貂皮、买金饰、买名牌鞋子皮包眼都不眨一下。我还调侃说："没准她们就是以为，老公的钱自己不花就会被别人花了去。"可对方说："你说的不对，我们最稳定的客户群还是那些年轻的白领。你没看见化妆品柜台前吗，不管多贵她们都买得很潇洒！"如果他举别的例子，或者我仍会坚持不懈地反驳，但他说的是"化妆品"，我便立时噤口，然后说："对，你得派你手下的人做专门的市场调查！千万别信我的！"

商场里的化妆品柜台通常和珠宝、手表、鞋类一起布局在一层，卖场宽敞、通透、赏心悦目，脂香粉浓，但一向是我最少停留的地方。那些国产和进口的品牌大多我都不认识，那些琳琅满目的各色产品，我甚至分不大清它们的功能是否有交叉，以及最为正确的涂抹顺序。曾经，我一直只用大宝的日霜和晚霜。大宝的广告不是早就告诉我们了嘛：“用大宝，还真对得起咱这张脸！”可是，还是有太多的姐妹嫌我对不起自己的这张脸，她们揶揄我说：“仗着自己天生丽质气人是不是？你就美吧，现在不好好保养，看你以后怎么办！”

如今，人过四十，皱纹倒不明显，但时常熬夜写字免不了会有眼袋和黑眼圈。身为“外貌协会”会员，对这现实当然也有抵触，但先生说：“人哪有不老的？不老的是妖精！能让人永葆青春的不是时装，也不是化妆品，而是能带一辈子的学识和才华！”想想他说的也对，于是颇为释然。但我柜子上瓶瓶罐罐的东西也渐渐多了起来，虽然有时熬到夜深之际我还是会懒到不洗脸就睡觉。

人各有志，做自然的自己，最好！

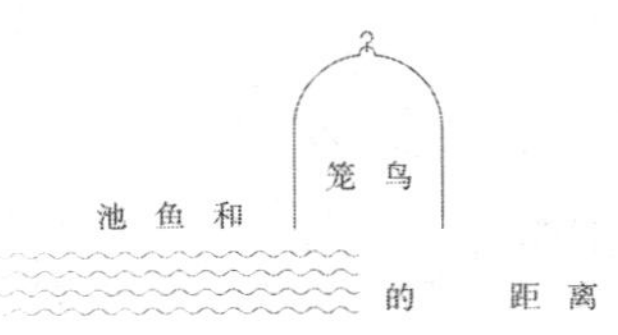

灯下忆烛

我有晚睡的习惯，最喜欢在夜深人静的时候读书写字。每每从铅字墨香或是纸笔喧哗中抬起头来，才会觉察自己正沐浴着满室明亮的灯光。这样的灯光陪伴让纸书册页里翻滚的我心生暖意，却也很难体会到古人“青灯黄卷”的幽雅韵味，有时便不免怀想小时候昏暗的烛光。

我从没用过熏人呛眼的煤油灯，每当停电的时候，抽屉里早就备好的红色或白色的蜡烛总是被熟练地翻找出来，去灶台边的窗台上随手一摸，划一根火柴就划破了满室的暗黑。接下来，我们会在烛光下继续之前的事情，多数时候是写作业或是看课外书。电视是不能点起蜡烛来看的，但是可以听广播，用干电池的那种收音机几乎家家都有。

有时，我们也会对着一面空旷的墙壁玩手影，人在蜡烛与墙壁之间。可是我只会两手相握做一个嘴巴一张一翕的大灰狼的头，我的小姑姑却会做很多。我最喜欢的是她借助一根筷子和一个小纸片做出来的“老头铲地”，小纸片是草帽，筷子是锄头，锄头还能一前一后地动，惟妙惟肖，真的和农夫铲地是一样的。可是我就笨到怎么都学不会。

我刚上学时个子很矮，够不着家里的写字台，就坐一只小板凳，把家里的木头椅子当作书桌。我自认从不是一个认真学习的孩子，可作业还是要写的。有一次停电了，我就点了蜡烛来写作业，妈妈下班回来忽然嗅到一股奇怪的气味，冲到我身边时才发现，蜡烛燃起的火苗已经烤焦了椅背的立柱，而我竟浑然不觉。后来这把烧焦的椅子在我家存放了三十年之久，成为我也曾用功的见证，直到父母搬家离开那个小城。

那时候电能产量不足，供电设备也不够稳定，所以蜡烛是家家户户必备的东西。我家附近就有一个私人开办的蜡厂，厂房是自家的住处，外面一个小木牌上写着定制各种红烛、白烛，甚至龙凤喜烛。可这丝毫引不起我们的兴趣，因为我们自己也能动手捻一根棉线，把一个个小蜡头融在一起放在特定的模具里自己做蜡烛。只是我们通常不会出去炫耀，因为“做蜡”在我们的方言里是“把事情办砸”的意思。

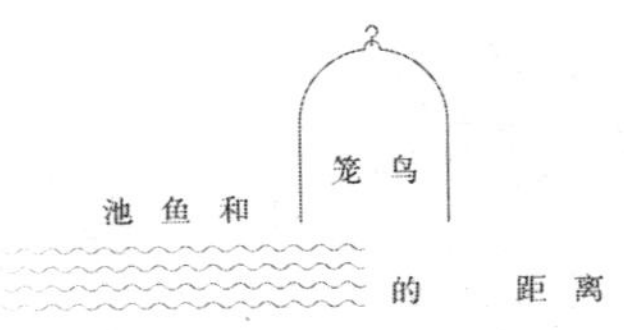

现在的供电早已能够满足人们的日常需要，除了线路检修和意外故障一般不会停电，普通蜡烛已基本退出人们的生活，被沿用的几乎只有充满仪式感的生日蜡烛和用来炮制情调或健康的香熏蜡烛。

其实，真实地存在于寻常百姓之家又渐渐淡出人们生活的蜡烛在古代也曾十分难得，甚至在很长时间里都算得上是奢侈品，只有富贵人家才用得起。唐代韩翃《寒食》诗云“日暮汉宫传蜡烛，轻烟散入五侯家”，明白是说只有王侯之家方才有蜡烛可用。也正因如此，蜡烛除了单纯的照明之外，还被人们平添出许多别样的韵致。

早在汉代《古诗十九首》就劝人“昼短苦夜长，何不秉烛游”，唐代李白在《春夜宴桃李园序》中也说“古人秉烛夜游，良有以也”。再之后，白居易《房家夜宴喜雪戏赠主人》诗说“酒钩送盏推莲子，烛泪粘盘垒葡萄”，杜牧《赠别》诗说“蜡烛有心还惜别，替人垂泪到天明”，从象形到拟人都借烛泪以抒情。到北宋，苏东坡《海棠》诗“只恐夜深花睡去，故烧高烛照红妆”更是成就了一段风姿高蹈的文坛佳话。宋词里有一个词牌干脆就叫《烛影摇红》。这词牌创于北宋周邦彦，虽不著名却让我心生爱悦，数十年时时记挂于心并常常臆想它的曲子也必是摇曳多姿，虽不免烛泪垒叠却真真地有着烛影的风姿和浪漫的红晕。

我读到的诗人，最喜欢用蜡烛意象的要数晚唐的李商隐。他的“春蚕到死丝方尽，蜡炬成灰泪始干”早已成为尽人皆知的名句，与“身无彩凤双飞翼，心有灵犀一点通”携手而来的“隔座送钩春酒暖，分曹射覆蜡灯红”则生动再现了宴会上的火热情景。但最打动我的还是那首《夜雨寄北》，“君问归期未有期，巴山夜雨涨秋池。何当共剪西窗烛，却话巴山夜雨时”平白如话却又情意绵绵。这首诗其实更应该题为《夜雨寄内》，因为这是诗人写给妻子的家书。刘禹锡云“巴山楚水凄凉地”，李商隐居于此间之时又恰逢夜雨绵绵的冷落清秋，思念家乡思念亲人之心应该尤其炽烈。所以身被刻骨寒凉的他立刻就想到夫妻团聚时候的暖意盈心，想到要与妻子剪烛夜话。那么说些什么呢，就说说我今夜难耐的孤凄和对你的无尽思念吧!

“剪烛”之事对于整日生活在霓虹灯下的年轻人来说几乎只是一个简单机械的动作，甚至略有些不知所云，但对于与蜡烛打过长久交道的人来说却是一种别具情味的情景再现。棉质的烛芯燃烧一会儿顶端就会炭化，烛光随之黯淡，只有剪去炭化的部分烛火才会重现明亮。而此时，灯下人的形容样貌才能重新变得清晰起来。在“共剪西窗烛”的细节之中呈现的不仅是两夫妻从昼到夜说不完的情话，还有那颦笑之间怎么都看不够的眉眼。北宋词人晏几道《鹧鸪天》所说“从别后，忆相逢，几回魂梦与君同?今宵剩把银釭照，犹恐相逢是梦中”，简直就是李诗的深情注解。

晏几道所说的“银釭”就是银色的烛台。在那个普通人家没有传家宝的年代，烛台就是很多人家里叫代代相传的老物件。不论是木质、铜质、锡质、铁质还是贵重的金银质地，都负载着绵延不绝的家族感情，无数的母亲曾在灯下缝补针线，无数的父亲曾在灯下读书编篓，无数的小孩子也在烛光下长大、远走、开枝散叶。

我们小时候有过年期间小孩子提着灯笼出去走门串户的习俗。别的小孩子的灯笼大多简易得很，一个罐头瓶里坐一根半截的蜡烛，或是一个底座四根原色木框用纸糊了，拴一根提绳用个小木棍挑着。可我的小灯笼是爷爷亲手做的别致的六边形，刷了漆料的暗红的木框里镶着玻璃，其中一块还可以从插槽里向上抽出，方便把燃好的蜡烛放进去插在固定好的烛签上。每年我都因为这精致的灯笼成为小伙伴艳羡的对象。

如今过年，大人不再放心孩子满街乱跑，外面通宵达旦无比明亮的灯火也让小蜡灯和它微弱的光焰无处容身。那些诸如“烛照”“洞幽烛微”“焚膏继晷”之类美好的词汇，都让人只能在惆怅中臆想着、意会着向灯下的书里去寻找了。但只要我们不曾忘记那些悠远的烛光，就可以轻轻地向过去的岁月说一声：“晚安，好梦！”

华发

和许多家庭一样，我的家里也有镜子许多年来默默地陪伴。好几个房间都有，大大小小，不一而足。我不愿意承认我是一个不爱美的女人，因为有时候说一个女人不爱美，差不多就是在说她不热爱生活，无论她本身生得够不够美。但我必须承认镜子在我的生活中并没有发挥足够的作用，因为我很少在镜前仔仔细细地观察自己，更不会十分耐心地在脸上勾画一番。说得美好一点，我每天差不多就只是在早上出门时惊鸿照影般从它面前过一下。

但是，今天，我还是在镜前多待了那么一会儿，我在略微认真地看我头上的白发。大约三个厘米长，不是很多，白得也并不刺眼。至少我心里的感觉是这样的。还有就是，爱我的人不会介意，不爱我的人则不会留意。

据说，当年，苏轼写下“多情应笑我，早生华发”的时候是三十八岁。他说的“华发”就是被岁月染上了花白颜色的头发，这表明象征青春与活力的“满头”黑发自此一去不复返了。当然，我们可以说古人早衰，这年纪有了白发并不奇怪，却也可以充满感慨地说：“呀，才只有三十八岁，果然是早了些！”

我不如苏轼多情，生华发的年纪却只比他略晚了一点，是四十岁快要出头的时候。那时候，我马上面临博士毕业，采集毕业信息照例要去拍张一寸或两寸的照片。在那个阳光明媚已带了些寒意的冬日的午后，我从故纸堆里抬起头来，走到宿舍的镜子前漫不经心地梳理我的长发。突然，我发现了黑发间隐藏的银光——原来我已在不知不觉间有了白发！

也是那个冬天，当一个与我同龄的姐妹向我炫耀她一根白发都没有的时候，却也没有忘记善意地解释说：“你的头发就是读书读的，你的博士论文都是心血熬出来的！”被毕业论文折磨得死去活来的我当然乐于接受她的安慰，而且心安理得。

当华发成为事实，白发便不因你的承认或是不承认而有所收敛，它在一天天地增多、变长。两年后，我第一次染发。

染发不是因为我再也无法忍受自己的样子，而是因为表妹从新西兰回来，姑父力邀我做她婚礼的司仪，不容推托。这是妹妹一生的大事，那样庄重的场合，我也一定要郑重对待。

理发店里，听凭美发师牵着我的头发一点一点地涂抹带有芬芳气息的染发剂，我的心中无悲无喜。这种开始在我心中居然没有产生一丝一毫的仪式感，也实在是我没有想到的。

我在生活里也见多了染发的人，从年少爱美者的挑染、彩发，到长我数岁十数岁的姐姐们为遮盖白发而特意挑选的深棕、酒红，再到上了点年纪的老男人头顶上那片浓重而刻意的黑。相比之下倒是妈妈阿姨们要淡定从容得多，她们大多可以一任自己的头发剪烫得十分整齐却自然地花白着。

曾经有一个笑话，说一个年纪还不是很大的妈妈对她的女儿说：“都是因为你不听话我才有了白发。”女儿看了看妈妈，然后作恍然大悟状说：“难怪姥姥的头发全白了！”我妈妈的头发也差不多全白了，这里面当然有我的“功劳”。

第一次染发又过了大半年，我想换个工作。投了简历，也等来了面试通知，先生忽然说：“去染染头发吧！”我有些愕然地看向这个平素并不是很在意我外表的男人，结果他用看似很有说服力的语言回答我质疑的目光：“人家招人是想要个能干活儿的，肯定不会愿意录用一个老太太！”共同经历了二十年婚姻，我当然读得懂他善意的调侃。只是我不知道，后来，在面试环节完胜所有对手是否果真有染发的功劳。但那以后，我也一直在犹豫是不是要以最真实的面目示人。

染发剂对人体的伤害尽人皆知，但为了形象，有太多的人不惜一试再试。黑发变白是自然现象，白发转黑却是人工之力，亲历其中的我说不上这里面的好歹与对错。

染发，简言之似是爱美之心的驱动，可对于我们这些必须面对华发现实的中年人来说，不知道是不是还有更多一重遮蔽衰老的愿望。可是，这华发里沉积的难道不是岁月的馈赠吗？我们是不是也可以在面对它们时不必愁肠百转，而是安然享有？一如我们接受皱纹里的沧桑与从容，一如我们释放眼神中的坚定与沉稳。

流动的丝绸

当我们的祖先从衣不蔽体的远古洪荒中走来时，他们或许想不到，有一天自己的子孙会与柔软华美的丝绸结缘。在科技不够发达的时代，任何化纤都无法合成，棉毛丝麻就是最常见的织物，也都来自天然。棉麻来自植物，丝毛来自动物，但用毛不必伤生害命，珍贵如羊绒驼绒之类的所谓"软黄金"都可再生，于是丝绸似乎更娇贵些，因为它的生成要经历一个烘茧杀蛹的过程。除了必须留下的蚕种，许多生命因为人类的需求永远无法破茧而出，而剥茧抽丝更印证了世事的轮回与无私的付出。

我不知自己是何时爱上丝绸的，只记得小时候曾对它有过真正的敬畏。姑姑出嫁时，祖母给过她一床湖绿色的软缎被面儿。去姑姑家小住时，她把这平日不舍得用的被子找出来给我。那被子带给我的是真正的绸缎的感觉，有宁静的水波一般的光泽。可是，不知道为什么，当我想要抚摸它的时候，我的双手却无法在上面自由滑动，那种滞涩让我不明白，一个十二三岁女孩子的手和软缎比起来竟是那样地粗糙。

我的第一件蚕丝物品是整理祖母遗物时找到的一条黑色的方巾，手针扦的边线，针脚细密而匀净。虽然祖母是一个读过国高的闺秀，算得上是那个时代并不多见的知识女性，但她仍有一手很好的女红。丝巾颜色过重并不适合我，但我仍旧小心翼翼地收好，告诉妈妈和姑姑说这个我要了。或许是因了这样一种有意无意的契机，那之后我就开始添置各种各样的丝巾，有的戴过，也有的根本就没戴过。其中有一条是先生出差回来时送我的，张挂起来是一幅偏蓝色调染制效果相当不错的唐代仕女图，很是漂亮。先生很得意于自己的审美，但我一眼就看出了问题。我叫他看着，把丝巾围在颈上，换了几种扎系方法都半点也不出色。见先生叹气检讨自己没经验，女儿开解他说可以裱起来当画儿看，于是先生更加沮丧。

说到底，丝绸之中我还是比较偏爱没有色彩的黑白，白是丝的本色，黑则是最重的颜色，织物是泾渭分明，这两种色彩则是泾渭分明。春天时淘了件水墨感觉的长衣，见它有中国画的意蕴就在第一时间动了心，虽然当时就觉得这件衣服不好搭配，但还是毫不犹豫地买了，就为它从质地到图案那份不折不扣的中国元素。商场里售卖的蚕丝长裤几乎都是宽松的直筒，颜色也以黑白居多，有的还在足边用几个中式的扣袢作为装饰，走起路来带出的是那种飘飘欲仙的感觉，在年轻年老的女人身上都是一样的韵味十足。有的裤子只有八九分长，露出雪藕似的脚踝，让身为女性的我见了也不由得心里痒痒的。这是美到极致也是诱惑到极致的，我喜欢，却从没买过。也时常望着它就想起张爱玲《更衣记》里的话："存心不良的女人往往从袄底垂下挑拨性的长而宽的淡色丝质的裤带，带端飘着排穗。"并进而想起古人系在腰间的丝绦。丝绦是为着装饰，也是为着守护，却又一边行使守护之能一边时时摇曳生姿，充满着美与诱惑相混杂的味道。

丝绸里比较隆重的织锦缎是我一直喜欢不起来的，总觉得它过于厚重和正式，做成什么似乎都不大合适，如果做旗袍更是不知道应该在哪个季节穿。也许是由于染色技术或是传统观念的缘故，织锦缎里最多的就是喜庆的大红、沉重的藏青、俗艳的重粉、沉闷的姜黄，上面织就的梅兰竹菊、亭台楼阁也早就失去了该有的神韵。最重要的是，一般人也穿不出它的味道，不是像商家的太太，就是像宦家的姨太太，能不能撑起上好的锦缎要靠人的"内功"。

林语堂的小说《京华烟云》中，当苏亚因为生活的平淡而闹起婚外恋时，人到中年的京城名媛姚木兰穿起了鲜艳的海蓝色贡缎旗袍，甫一出场便在气势上压倒了艺专的年轻女生曹丽华，让这个情敌甘拜下风。贡缎是丝绸织物里工艺繁复的一种，平滑细腻而富有光泽，林语堂旁边一笔写道“人都说这种料子是皇族穿的”，就把自己深爱木兰的心毫不掩饰地和盘托出了。想想也是，这面料固然高贵无比，但如果穿在普通村妇身上恐怕也是枉然，它的气势是要靠人的气质托起来的，只有那些知性、大方、典雅、端庄，发髻光滑内涵深厚又没有狐媚气的女子才能驾驭它。在我看来，狐媚的女人似乎只配穿纱，着绸用缎应该就是糟蹋了东西。

因为丝绸的不易得，它便渐渐成为富贵的代名词。旧时大户人家的丫头也有被直呼为“锦缎”的，那是一种对于富贵毫不掩饰地自得，有着不肯避讳的骄矜之态，仿佛那丫头也只是家里的一样物品而不是人。《红楼梦》里马道婆趋趁赵姨娘也只为骗些钱财和寻几块散碎绫罗做鞋面，身为侍妾的赵姨娘自己还捉襟见肘，自然也没有好的给她。但到了贾母那里一张口就是“一匹”“几匹”，为王熙凤等人介绍她们素所未见素所未闻的“软烟罗”的那一段更是笑傲群钗，那身份、气度、做派是真正的大家子女的气象。

中国最有名的一件丝质衣物应该要数马王堆汉墓出土的那件素纱禅衣了吧，真的是薄如蝉翼轻如烟雾，美丽的辛追夫人将它穿在身上时呈现出来的一定是一种若隐若现的柔美。中国还有一块十分著名的锦缎，那就是前秦苏蕙苏若兰以五彩丝线织就的《璇玑图》。当丈夫窦滔宠幸妾室赵阳台时，无奈的苏若兰就将八百四十字做成纵横斜交均可成句的回文诗织成五彩锦缎，终于以旷世才情赢回了丈夫的心。这样一个慧质兰心的女人即使不够美丽，想必也是容颜清秀的吧，可是却无法遇到自始至终钟情于她的"一心人"，而要无谓地陷于婚姻制度之下的妻妾之争，实在是可怜可叹！

丝制品很古老，品类也很多，人们常说的绫罗绸缎都是，但那种不经染色的素在人们的审美意识中却占据着举足轻重的地位。素面、素颜、素手都是以"素"作比的，前两者呈现的是"清水出芙蓉，天然去雕饰"的美，而美人的纤纤素手应该就是嫩如笋白如玉的吧！春秋美女庄姜的"巧笑倩兮，美目盼兮"千百年来令人神往，而她的活色生香之美竟能使"素以为绚兮"！千古名篇《孔雀东南飞》中写刘兰芝时则用到了一个十分精妙却不大为人注意的比喻——"腰若流纨素"。纨和素一样都是丝织品，用于此处自是不为言其色而为状写美人腰的纤细和绵软。

古语云"黄帝垂衣裳而天下治"，可见服饰与礼仪与生活之间有着无比重要的联系。相传是黄帝的元妃嫘祖发明了养蚕，并行抽丝编绢之术，民间遂立其为"蚕神"，而蚕桑之事也与农耕一起确立了中国农桑文化的基础。每到春来时节，皇帝要亲事耕种，皇后要亲事蚕桑都是那时流传下来的礼制与习俗。想想所谓"黄帝四面"，就可以知道嫘祖或许并非如画卷所绘般丰姿动人。但女子不一定非要靠美貌取胜的，就像人所周知的黄帝次妃丑女嫫母和齐宣王的王后无盐女一样，在得遇贤者的前提下，德行便成了她们锐不可当的利器。

丝绸源于蚕桑，甚至嫫母和无盐的传说中也始终没有少不下一

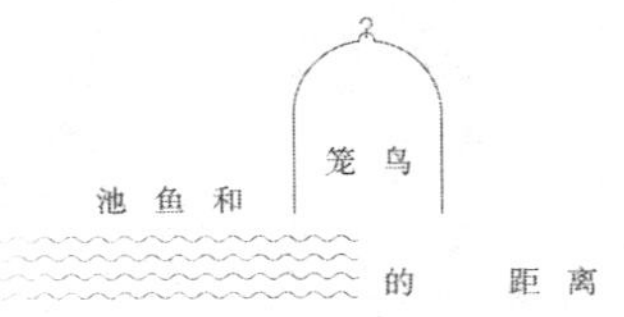

段极具传奇色彩的桑园故事。与现实生活密切相关的中国文学的天地中也曾经拥有一个至为广袤的桑园，于是生出了太多如《诗经》所咏的桑间濮上的爱情之歌，也出现了太多美貌忠贞的桑女形象，《陌上桑》中有不为富贵淫威所动的秦罗敷，《桑园会》中有知耻懂礼的秋胡妻。

“化干戈为玉帛”的说法在中国流传很广，连没受过太多教育的国人都能时常挂在嘴边。玉和帛都是古人在猪牛羊三牲之外敬献给天神和祖先的贡品，其珍贵程度无可比拟。帛是丝绸的总称。出土文献中最为多见的除了竹简就是帛书，帛在裁衣作裳抵御风寒之外竟成了文化承传十分重要的载体，恐怕是嫘祖没有想到的，而因了这种绵延如丝的承载，尺素寸管也相应地成了纸笔的代称。那质地绵软的丝帛，竟能在地下历经数千年而不朽烂着实是一种奇迹，我们不由得要感叹古人在选择书写载体之时无与伦比的智慧，他们在落墨之时就知道帛书经得起且无惧岁月的推敲和打磨吗？那些衣袂飘飘与裙裾飞扬之外的丝绸或许才是更有灵性的吧！

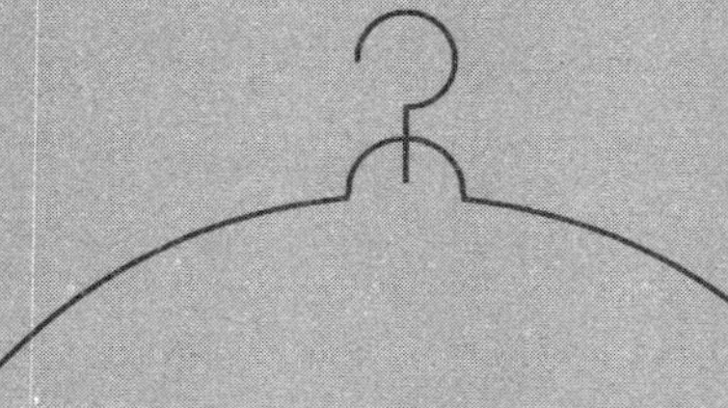

第 三 辑

自然的精灵，点亮你我的世界

人是万物之灵长，却也和万物一样寓居天地之间，餐风饮露，疏食饮水。我们携好奇与探索而来，琳琅的草木、生动的花鸟、微小的昆虫、翩然的游鱼都难免触人情思，让我们了然这自然的馈赠，更深悟这世间杂然和谐的声响与妙趣横生的景象。

家住二十二楼的红隼

没有人知道它们从何处来，也没有人知道它们向何处去。

我们只知道，某一年的春天，一对红隼夫妇翩然来到这里，认此为巢。不需要经过太多的思索，它们就开始产卵孵化。大鸟日日外出觅食哺育幼鸟，小鸟日日待哺也日日褪去绒毛。待到夏日初长，柳荫渐浓，羽翼丰满的雏鸟在高楼间试飞一周，它们便举家离开。第二年，天使归来，仍是最初的那对夫妇，仍是又一轮的生儿育女。时至今日，这样并不繁忙的来来往往已持续了整整七年。

这一幕盛景不在繁茂的森林，而在一个居民区二十二楼的高处。

最初吸引这对红隼的就是二十二楼阳台外一个闲置的空调架，还有空调架上盛装了大半盆泥土但还没来得及栽花播种的硕大的空花盆。说是花盆，其实就是一个满载着开花梦想的朴实无华的水泥槽，几乎不需要怎么铺草垫，这里就是一个天然的家。也许红隼夫妇也是想过的：既然找不到合适的参天大树，这里好歹也是远离喧嚣的高处；既然没法与青枝绿叶的甜香相依，这里好歹也有一丝丝泥土的芳馨；既然我们找不到合适的宅院，这里好歹还留下了一方良善的憩园。

不得不说这对红隼是鸟中的智者——作为不请自到的“房客”，它们遇到了有爱的主人。

自从发现在自己窗外安家的红隼，主人就开始为了它们改变自己的生活习惯。为了不影响它们，主人牺牲了采光，在阳台窗户的玻璃上贴了层膜，就是里面可以看见外面，外面却看不见里面的那种；为了不惊扰到这可爱的“房客”，在红隼一家小住的日子，无论天气多么炎热，主人都没有打开过阳台的窗子，南北通透的屋子硬是变成了“不通透”；为了让它们安居乐业，主人七年如一日从未改变这空调架上的格局，为的是在又一个春天红隼归来的时候一眼就能认出自己的“家”。

可是，人到底还是好奇的吧，面对与自己咫尺之隔，不不不，是只隔一层玻璃的另一种生灵，怎么能够忍得住那一点探秘的小心思呢？红隼是猛禽，更是无比机敏的鸟儿，满心好奇的主人就趁着那对夫妇出门觅食的工夫，开始了自己的“偷拍”生涯。小心翼翼地揭开玻璃膜的一角儿，她偷偷拍过棕褐色还带斑点的鸟蛋，有的年头儿是四枚，有的年头儿是五枚；她偷偷拍过刚刚破壳绒球一般挤在一起的几只雏鸟，有时旁边还有一只藏在蛋里迟迟不肯报到的兄弟；她偷偷拍过渐渐变了毛色的雏鸟，那还未褪尽的几点绒毛就像身上落了雪，头上那一丛就像是王者的冠缨随风敧颤；她还偷偷拍过雏鸟们第一次奋翅冲向蓝天的样子，高远而矫健……

据说我们这种高纬度地区的红隼是候鸟。可是主人说，有时，在气候寒冷的冬天，也偶尔会在楼宇间看见它们倏然掠过的身影。她说她是主人，她认得出自己的"房客"。那么，它们是回来看自己的"房子"，还是回来看自己的邻居的呢？动物也是有感知的吧，虽然它们和收留自己的这一家良善之人从未真正谋面，但它们一定知道，那匆匆往来奔波的芸芸众生之中，的确有人为自己营造了安宁的空间，让自己能够繁衍生息，年复一年。

每一种动物的基因中都带有祖先留给自己的遗传密码，任山呼海啸，从不逆转。比如鸟儿们的飞翔、觅食、筑巢、迁徙，这些都是无须学习的技能。红隼是小型的猛禽，它的主要食物是昆虫、小鸟、青蛙、蜥蜴和小型的哺乳动物，猎食时有翱翔的习性，还可以悬停。它们最常栖息的地方是山地、旷野和森林，它们的家园就应该在那样的地方，在呼朋引伴的尖声啼啭里，在树丛和枝条中高高低低惊险的飞行里，在每一个日升月落和星辉闪耀里，而不是在城市灯火不期然的明灭之间。

生活在城市里的红隼，应该要飞得很远才能觅食。在人类"幕天席地”的笼盖之下，我们庆幸它们没有吃到或者衔回有毒的食物。从另一个角度讲，对红隼而言，今天的城里也许的确是有着另外一种安全，毕竟这里没有猎人的枪和一张张悄然撑开的网。这一对红隼夫妇七年间的平安归来，也只能让我们庆幸，再庆幸。

红隼栖居在城市的二十二楼，翱翔蓝天的梦想暂时栖居在人类窄窄的檐下。如果向更远处的时段搜索，是不是我们无理地侵占了它们曾经的家园？人与鸟的和平共处，其实不应该出现在这二十二楼的高处。

天光云影之间矫健的硬翅啊，你的家应该在森林、在旷野！我们这些人类到底做了什么才会让你们寄居于这钢筋水泥的丛林？我们应该怎么做才能还你们以青山绿水，还你们以美好家园？

下一个年头，二十二楼的小巢希望你们回来，却也希望你们可以不再回来。

寂寞的花开

我素来不是一个爱花的人，先生于此道也极平常。家里仅有的几株植物，一是取其药用价值的芦荟，一是取其绿意养眼的吊兰，再有就是婆婆来我家小住时在街上随便买下的一株秋海棠。

那芦荟因为常要用它来祛毒消炎，我自会第一善待它。而所谓善待，也无非是在想起时给它浇浇水，再适当地晒点太阳。

我家的书房虽然占了朝阳最大的那间屋子，但除了窗子之外的几面墙差不多都立着檀色的顶天立地的书橱，所以房间里也并不是特别的明亮，养一盆茂盛的吊兰不但能有效地调剂色彩，还可以为这气息森森的书房增添些鲜活的生机。再说，读书人似乎都喜欢用各个品种的什么兰花为自己装点门面，所以先生每天起床的第一件事就是去关照它。

只有那盆秋海棠很委屈，自从婆婆走了，就被我们“下放”到了北侧的阳台上，虽然也会不时对它施以雨露之恩，但从没人肯抽出一点闲暇去欣赏它。

一天，我正坐在电脑前专心致志地工作，忽然听见先生在阳台大惊小怪地叫我，我急急忙忙冲过去问他怎么了，他却指着秋海棠说：“你看，它居然开花了。”

气恼之余去看秋海棠，可不是嘛，美丽的叶片下面已经有两个拳头那么大的花球了，那艳艳的红色很是醒目，细密的花朵挨挨挤挤的，看上去很是喧闹，又很是欢快。看样子，这花儿应该已经开了几天了，从生出花蕾到现在，时间自然更长些，那么，我们怎么竟然都没有发现呢?

答案只有一个，那就是我们的心思都在别处。

可是，这花儿多傻，它是开给谁看的呢?坐回桌边想了又想，当我假设自己也是一朵花时，我忽然明白了：这花开，这寂寞的无人欣赏的花开，是那些不甘寂寞的花开给自己看的。一朵花，它生命的全部意义就在于傲然绽放，了然了这生命的意义，它就已经不会介意是否有人会为自己的开放流连、喝彩。

这就像有些时候，我们自己也会做一些不见得有意义的事情，但这事情我们却极想做成，而且明知这事情既不会带来社会效益，也不会带来经济效益。那么为什么我们还要义无反顾地去做呢?因为且只因为它带给我们的心理上的满足是任何东西都无法带来的。深深陶醉于此的时候，金钱、地位、权势、鲜花、笑脸和别人的欣赏，对我们来说都已不再有任何的价值。

如此想来，这看似寂寞的花开其实一点都不寂寞，它们只是为开放而开放的，它们并不在意我们的眼神和心思。而这寂寞只是我们的感受，在花儿们看来该是多么可笑的一种理解。

佛家语讲“境由心造”，造什么样的境全看你有一颗什么样的心。难道我们这些人还不如一朵花吗？

池鱼和笼鸟的距离

带女儿去菜市场，一转身却不见了她的踪影，急切切放眼搜寻时却发现她正蹲在卖鱼的水槽边全神贯注地看着什么。走过去拉起她的手却发现她看的是一群一寸多长的小鲫鱼，可奇怪的是，它们中间竟有一条是红色的。

女儿恋恋不舍地盯着小红鱼，催她几遍也不肯走，连卖鱼的阿姨都看出了她的心思，走过来问扣着一顶中性绒线帽的女儿几岁了，是男孩还是女孩？听到“女孩”的回答，她笑了，说是女孩就把这条鱼送给她，是男孩就不送了，她还说自己就喜欢姑娘，可偏生了个小子。也许她说的是真的，也许仅仅是逗小孩子的玩笑，可无论是什么，女儿都拿到了她喜欢的小红鱼。

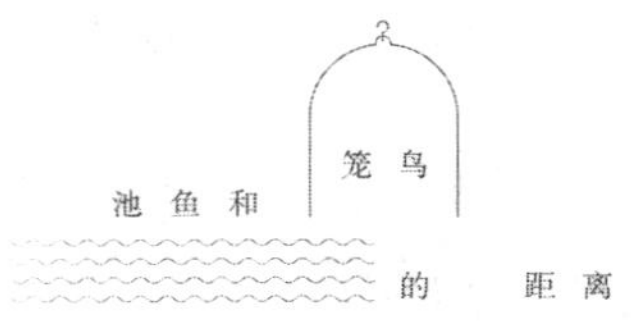

回来的路上，女儿一再地对我说："妈妈，咱们不吃它好吗？就是死了也不吃。"女儿有如此爱心，我自是欣然答应。

家里没有鱼缸，我们就把小鱼养在一只豆绿色的搪瓷盆里，不时给它换水，也喂点面包屑之类的食物。小鱼刚来我家时身上还渗着血，也缺了不少鳞片，后来伤口渐渐平复，只是看不出它的鳞片是否再生了。总之它活得很好，有时静静地浮在水中，有时会慢慢地游一会儿，有时还会和自己做游戏欢快地打几个挺儿，把盆子里的水溅得四处都是。

不过，幸运的小红鱼在我家也曾遭遇过一点意外。某个早晨去看它时，惊讶地发现它已经平躺在水面上了，有气无力地翕张着嘴巴。推究一下原因，也许是因为前一天饵料投放得太多又没有及时换水，缺氧了。抱着"死马当活马医"的心态马上给它换水，它还是漂在水面上。我真的不知道它还能不能活过来。晚上下班进门第一件事就是奔过去看它，谢天谢地，它正立直了身子甩尾巴呢。

有一天，养在小红鱼上方的紫罗兰忽然掉了一片叶子在盆里，养眼的豆绿、金红的小鱼和暗紫色的叶子组合在一起颇有几分古诗的韵味，让人油然而生心旷神怡之感。先生立在那里观赏半日，忽然若有所思地问我是否知道它的同伴怎样了。我不假思索地回答说："还能怎样，早成了人们的腹中之物了。"先生又问："那你说这条鱼快乐吗？"这回轮到我陷入沉思了。

是啊，"子非鱼，安知鱼之乐乎？"我一直都觉得这条鱼应该活得很满足、很快乐，因为它不但没有葬身人腹，而且在一个相对温暖舒适的环境里受到我们的小心呵护。可是现在想想，它又似乎真的很孤单、很无奈，因为鱼的生命不应在这一片极为有限的水域中被无端地消磨掉。而且，没有同类的日子是任何一个人都无法忍受的，无论他的生活条件有多么优越、多么富足，那么鱼呢?

我只能说，这条被我们带着私心救起的小鱼也许是快乐的，也许是不快乐的。快乐是因为它利用特殊的颜色保有了自己的生命，而且活得很舒适；不快乐是因为虽然食住无忧，却没有任何一条小鱼或是其他水生动物与它嬉戏、交流，甚至还可能会是一种生不如死的感觉，那么，这条小鱼就不仅不快乐，而且是非常可怜的了。所以征求了女儿的意见之后，我把这条鱼送给了一个朋友。

后来，我家还养过一只小黄鸟。

这只小鸟是当初我父亲送给我女儿的，那时女儿还小，把给它喂食换水当成一种乐趣。后来她长大了，也忙起来，这活计就差不多变成了她爸爸的工作，她只在休息日才做。生性懒惰的我几乎从不插手，只负责每天听小鸟唱歌。

因为小鸟的孤单，我们也曾几次想把它送回父亲那里，或是送给同一城市养鸟的人。放生曾经是我们最强烈的念头，可是有一年因为天气凉了，怕它受不住寒冷。下一年又怕它习惯了笼中的生活，已经不适应大自然里的一切，此时放它无异于是害它，只会加速它的死亡。当然，我们之所以想“送”它走，还有一个很重要的原因就是:

我们都不想面对它的死亡。但这一天终于还是来了。

我在外地出差，早晨6点36分，手机丁零进来一条信息，先生说：“呜呜……小鸟兵去世了！”他说的“小鸟兵”是这只在我家就住了六七年的小黄鸟，我们不知道它此前的年龄是多少。

忙忙地打电话问他怎么回事，他说，昨晚就觉得不大对，因为小鸟没有像平时那样栖于高处，而只是立在它的水盆边上，今早就发现它已经没有了生命迹象。我可以想象它站在那里的样子，它的水盆原是我多年前买来的汤碗，是景德镇上好的瓷器，我自己没舍得用却给了它。老公说它应该是“到寿了”。我问老公打算怎么办，他说要找个地方葬了它。

死亡是所有生命都要面对的终极命题，我们必须接受。女儿上学走得早，还不知道这个消息。晚上回来，我们不知道她会有什么样的反应，但我想，以她的性情，坦然接受的可能性最大。这个读了不少书的小人儿是同学中的“知心姐姐”，专在功课和功课之外为别人答疑解惑。上一年冬天，14岁的她甚至已经可以为陷于学术苦闷的我做心理辅导，话也讲得条理清楚、丝丝入扣。我愿意相信，在她那里，更多的不是冷漠，而是冷静与豁达。

这条鱼和这只鸟在我家的生活时间是有交集的，只是我不知道它们是否相识，是否有过交流。它们都被我们以“爱”的名义囿于池水或是竹笼，我并不知道它们真实的心境是什么样的，我不知道江河或是天空对于它们来说意味着什么，钓钩、渔网或是箭矢、飞石与我给它们的豢养又有何不同。泰戈尔说这世界上最远的距离是鱼和飞鸟的距离，可在我的眼前，在某种意义上，它们之间的距离并不遥远，只是这些或许根本也不是它们想要的。那么到底什么才是它们想要的呢？舒适的生存或者苟延残喘和与风搏击、与浪搏击，到底哪一个才是最有意义的呢？想想这些，我也不免有些迷茫。

而世事之中，我们又如何确定自己不是池鱼或是笼鸟呢？

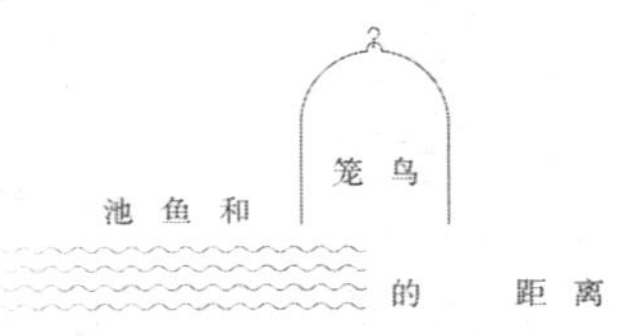

荔枝生南国

荔枝是一种有名的热带水果，而我是一个生长在温带边上靠近寒带的女子。在更早一些那个物资匮乏、交通也并不便利的年代，我无缘与荔枝相见。但愈是不能相见，我便愈是在心底对它生出无限的向往。

初识荔枝的芳名是在十二三岁，无意间读到杜牧的名句“一骑红尘妃子笑，无人知是荔枝来”。因为早就知道杨贵妃是历史上著名的美人，不但丰腴貌美，肤如凝脂，而且有着回眸一笑百媚生的天然魅力，于是便不可遏止地尽自己所能猜度那些让她也为之倾倒的水果会是个什么可爱的样子，会留给人怎样的齿颊芬芳。想来想去却怎么也想不出。翻开百科词典，看那短短的说明和简单的图画也不明白它究竟有何神力，竟会使绝代佳人也为之迷醉。

后来读到介绍荔枝的名篇《南州六月荔枝丹》，才算真正对荔枝有了一点点了解，知道它结在树上远远望去是一片“飞焰欲横天”“红云几万重”的壮观景象，一旦采摘下来就“一日而色变，二日而香变，三日而味变”，是一种极不耐贮藏的娇弱的水果。但因为终究没有见着实物，印象也还是模模糊糊的。

大约二十岁那年，我在表妹的首饰盒里发现了一粒棕褐色饱满的木珠，不禁有些爱不释手，便问她哪里得来的，肯不肯送给我。笑过了我的老土，表妹说那是荔枝的核儿。我不由得惊住了，我从没想到荔枝的核竟会有着如许的美丽。一粒重重包裹下几乎不得示人的种子尚且如此，那整颗的荔枝该是怎样璀璨的精灵！

几天后，表妹托人从省城给我带回了一串新鲜的荔枝，是刚刚从产地空运过来的。当那碧绿的叶子和火红的果实出现在我面前的时候，我竟不敢相信它就是我盼望了几千个日子的荔枝。它也是红色的，但它不像南方的杨梅和北方的草莓那样纤弱，有着怕揉易碎的表皮，它不会为生活中一点轻轻的挤压就流下自己粉红的泪水，它有着自己薄薄的却足够坚韧的外壳。小心翼翼地剥开它生着鳞片的果壳，洁白晶莹的果肉在我面前肆无忌惮地展示着它夺目的光彩，那是一种有着纯洁的肉感的美。放进嘴里，它丰润的汁水热烈地冲击着我的肺腑，那清香淡淡的、淡淡的，与颇有质感的果肉一起缠绵着我的唇齿，久后弥漫的还是口角噙香的滋味。

感觉里热带的水果该是有着浓重的厚味的，比如许多人不能接受的芒果。可我没想到，久负盛名的荔枝竟是这样清淡的温带口味，而且又有那意料之外的悠长余味。我更加热爱这梦中的水果了，以至连吃剩的荔枝核都不忍丢弃，我用它串了一只别致的手链，也赢得了不少羡慕和嫉妒的眼神。

当我在不经意中读到一位女作家关于水果和女人的论述，听她说荔枝是水果中的女性时，我方才悟到我和荔枝的缘分在何处。

荔枝就是我喜欢的那种女人，她们闪着诱惑的红色，在生命成熟的那一刻也有外在的风韵让人为之心动，但她们内里的气度更是她们人生的精华之所在。而且荔枝是一种不耐贮藏的水果，几日之内的色变、香变和味变固然是它的脆弱之处，但这也一如女子由青春到迟暮的路程之短暂和变化之迅速。可如果你在它最新鲜、最富于情致的时候懂得了它的滋味，那份绵远的清香就会让你永远回味。回味的不是它的香艳美丽和年轻的丰润，而是它愈来愈淡的况味，淡得可以融入生命的泉源，为那一支活泛的流水注入甘润的清甜。

荔枝般的女人是最本色的女人，丝毫不掩饰生命的真彩和韶华的流逝，那一层略微有些坚硬的鳞甲是她们对自己接近完美的保护。而一旦你触及了她们最真实、最本质的精神领地，你就会终生难忘。一个连心灵的果实都那般圆润光洁的女人还会不是一个好女人吗？

窗子上的蝴蝶

秋凉渐起，除了喋喋不休地叮嘱早晚添衣，我还早早为家人换了棉被。棉被的舒适与温暖似乎是任何被子与毛毯所无法比拟的，它让我一合眼就酣然入梦。从黑甜之中倏然醒来，天色大亮，时间却还早。天气不再闷热，人也精神好，起得不那么迟了。真的，大好光阴，何必睡过。

披衣走进书房，没待窗帘完全拉开就有一个惊异的发现——我的窗子上，确切地说是我的紧闭的玻璃窗子的外面，透气的纱窗上稳稳地伏着一只淡黄色的蝴蝶，翅上有少许黑斑。纱窗是入夏时为防蚊虫钉上的，想不到今天，它特有的网格竟成了一只蝴蝶得以立足的方便圣地。

蝴蝶真的是稳稳地伏在那里，用它的纤弱的爪子，连触角也一动不动。它的半边身体贴伏在纱窗上，只有一只挡风的翅膀，时而轻柔、时而猛烈地翕动着。可它还是在那里牢牢地定着。

我观察了它一个小时，它也就用不变的姿势与我对峙了一个小时。我开始想：这蝴蝶要做什么呢？

整个夏天，我经常会在某些地方不经意地发现许多美丽的蝴蝶，有的色彩绚丽大如手掌，有的小巧轻盈振翅即逝。可我还从没在我所住的七楼的窗子前平视任何一只蝴蝶。今天，这只并不十分美丽的蝴蝶，它必是迎着湍急的气流，与自己很难抗衡的疾风相较量，才来到我的窗前的。而如果只有光滑的玻璃面儿，也许它便无法立足，至少无法站得那么从容、那么久。

一只蝴蝶只有一季的生命，从一只人见人厌的青虫蜕变成一只人见人羡的蝴蝶，这中间有多少道路可以走，有多少无言的心事可以说！流连于每一束花蕊时，它大概都能感觉到蓓蕾绽放时那强大的、属于心灵的欲望与力量。

在繁花思量着睡去，绿叶也酝酿着改颜易色的时候，一只蝴蝶，它不会不明白自己的生命已走到了何处。蝴蝶，我窗前的这只蝴蝶，它为什么不去一个僻静的角落回味自己曾经美妙的生命，或是去花间跳最后一支炫目的舞蹈？它来到了我的窗前，抓牢一点可怜的依靠，这也该算是一场风中的独舞吧。可是我还是不明白，不明白它为什么要来，来到这里，来到我的窗前。

苦苦对了这只蝴蝶，我的眼珠儿有些发涩。我不敢再拉窗帘，或是打开窗子，在没有得到答案之前，我可不愿惊飞了这上天的使者。可是，突然，它有节律地扇动了翅膀，只有两下，就忽地腾空而起，向着天空飞去了，飞得矫健、轻捷。

人生大可如昙花

小时候学成语，有一个印象很深的词叫作“昙花一现”。听了老师的解释就开始在小小的心灵里猜度这昙花到底有多可怜——人生一世，草木一秋，它所有的却只是转瞬即逝的刹那芳华，紧接着的就是凋谢、枯萎。

这感觉一直持续着，直到多年以后，我第一次见到盛放的昙花。

一个诗人朋友家里养了一盆昙花，近十年的光阴里他从未提及，时常拜访的朋友一去就扎进书房不曾留意，很少上门叨扰的朋友更是无从知晓。某一天，他忽然一通神秘的电话将三五好友全部约到家中。朋友们到了，诗人才说，根据他多年的经验，家里的昙花必于夜里绽放，这是请大家赏花来了。座中人对昙花都是只有耳闻却从不曾目睹，一个个不免意兴遄飞摩拳擦掌，却不知到底要做些什么。

被特意摆放到客厅中央的昙花很知道体谅众人急切的心情，并没有让我们等到夜深之时。八点刚过，闲谈中的人们忽然不约而同地感到满室生香，性急的人便大叫：“开了！开了！昙花开了！”大家一窝蜂似的冲过去，连平日稳重淡定的人都未能免俗。看昙花一层层无比羞涩地打开它的花瓣，我才真正懂得什么叫“徐徐绽放”；看昙花安静雅致地持守自己并不长久的美，我才真正懂得古人为什么要“秉烛夜游”。

七八朵昙花相继由花蕾变成花朵，屋子里除了甜甜的沁香，再没有别的气息。有人专注拍照，有人静静赏花，更有人缩到角落伏几挥毫赋起诗来。

那一夜恰逢七夕，颇有灵性的昙花成就了一场意外的文人雅集。

我轻轻绕着这一人多高的绿色植株，旁若无人般只管细细地看。昙花的花形呈漏斗状，花色玉白。但那白却不是平展展的白，凑近看去，竟像有着细腻花纹的素锦，上面有凹凸也有线条。昙花连花蕊都是一色的白，雌蕊纤长向外舒展舞如飞天，两列雄蕊细密如流苏错落有致，上面的花药是一派娇艳的嫩黄，不染微尘。昙花的花萼或青或紫，也都自然散落舒卷有态。从花朵的前端透过花蕊望向

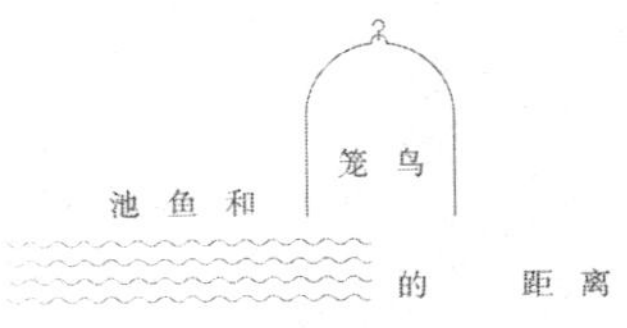

花萼的方向，一望无际的幽远之感顿生于心。

除了这种无比幽远的意境之美，昙花的奇异之处还在于它的花蕾不在茎上而在叶缘，由一根十几、二十厘米长的蔓悬吊着。可虽是悬吊，那绽开的花儿却不向下，而是朵朵向前，直扑赏花人的面目。还有，花朵虽是向前的，里面的花蕊却一例向上，且纤毫分明，如同寄居在深幽仙洞中时刻打量外物的绝尘高士。这一切，都让人只能叹服造化的神奇。

这一晚，所有赏花人都惊奇地发现，昙花从展露艳质到收敛芳姿并不如此前传说中的那样匆遽，整个过程要持续三四个小时。善解人意的昙花让我们在这个小小的时段里感受了一种特别粲然的美，旁观了一朵“花”的人生全部，心中也更多了一份打造绚美珍重芳华的静默感悟。

昙花是没有刺的仙人掌科植物，因为是木本，所以不用担心它有今年没明年。昙花一到夏秋之季就会在枝头缀满花蕾，你只需在有意无意之间候着某一个夜晚的清香暗度就是了。所以，昙花从不是“一现”，而是“屡现”的。它用一年甚至数年漫长的等待，等待着一个必将如期而至的花期，那是它蕴蓄了力量、酝酿了情感之后总会得到的必然的结果。

正因如此，在没有花的日子里，它依旧以饱满的状态让自己绿意盎然、绿意悠然。这是一种平静而淡然的心态，因为它知道所有力量的积蓄终有回报，它只用一袭素雅的刹那芳华便胜过了世间太多姹然绚丽的万紫千红！

人生不会永远在聚光灯下，有长久的沉潜持守，方有一瞬的华美绽放。而当今季昙花令人眩目的璀璨悄然谢幕时，我们仍旧可以平静期待下一轮次的王者归来。

林甸的鸟儿

只知道林甸有温泉，去了那儿我才知道林甸还有辽阔秀美的湿地和湿地上令人心神荡漾的鸟儿。

林甸女作家王芳以古风网络文学起家却转向了最接地气的现实主义写作，关注儿童的成长、北大荒的开发和最底层民众的生活。如此明显的转型，全是因为人近中年油然而生的一份社会责任感，她却说："只是觉得这些才是最该记录下来的东西。"王芳有部环保主题的小说《小飞龙》，里面的教授是有原型的，她说姓郭，从北京来，是个白头鹤研究专家，林甸是他重要的研究基地之一。我笑着报出郭教授的名字，她很惊奇。这个郭教授的弟弟也是"郭教授"，是我的同事兼好友，只是他研究的是萧红，他曾向我介绍过自己的哥哥，说他怎样数月伏在草丛里与蚊虫共生艰苦而执着地观察白头鹤的生活细节。萧红研究家郭教授还曾送过我一幅彩色年历，上面的大照片就是动物学家郭教授亲自拍摄的一只涉水而立的白头鹤，孤傲而沉静。有了这样的机缘，又知道我们也都不爱热闹，王芳就说带我们去看林甸的湿地，而且是一块正处在保护之中没有对外开放的湿地。我们一行人忘了年龄的羁绊和该有的矜持欢呼雀跃起来。

负责“鹤之海”湿地养护与经营的王总亲自接待了我们，并介绍我们认识他的朋友老孙。当老孙穿着一身迷彩服扛着笨重的专业摄影器材带着憨厚的笑容出现在我们面前的时候，谁也想不到他居然是林业部门的领导。坐在湿地边的长廊上聊天，我们都被他口中的林甸故事深深打动。

老孙说他去拍鸟刚刚回来，因为前一天才下过雨，路上很不好走。他说：“我从桥上过来的时候看到这水里有鸳鸯，有鸳鸯，这水就能直接喝了。不信，我先下去喝！”他打开照相机给我们展示他守候了一个清晨和半个上午的成果，指着一张鸟儿振翅翼展的照片说：“这个镜头，那十几个人他们谁都没拍到！”那鸟我叫不上名字，但我看得到老孙脸上骄傲的神情。老孙说他们十几个人都是护鸟队的，因为爱鸟也爱上了拍鸟，他自己的摄影是半路学的，器材也是二手的，但是作品也是获过奖的。他说护鸟队是自发的，对鸟的守护让大家越发觉得这种生灵的可爱，越发觉得保护它们对自然、对人类的重大意义，也就越发想把这件事做好。当然，很多事也让他们气愤而又无奈，“保护鸟类的有些法规得改了！”

全球候鸟迁徙的通道只有八条，林甸虽小，却是东亚—澳大利亚迁徙通道中的重要一站。如果这里放任自流，我国的华北、江南以及日本和澳大利亚将很难看到候鸟的踪迹，更难以出现候鸟南飞北往的壮观景象。老孙给我们讲他们护鸟过程中的逸事，讲鸟类的迁徙规律，讲鹤类的忠贞爱情，讲鹤骨笛的悠久历史。说起护鸟的办法、护鸟的法规他如数家珍，他们也联合有关部门一起去林子里和住户家里收缴打鸟的夹子，“那些用粘网的，都是最缺德行的人家！”他的义愤填膺真的可以感染到我们这些外来者，我们也想要同仇敌忾。他说大人的工作不好做，他们就从孩子那里入手，在学校发起“小手拉大手”的活动，让孩子回家劝说家长爱鸟、护鸟，下去回访时居然发现有些家庭把爱鸟宣传材料和户口本一起放在了最重要的地方。说到这些，他如同孩子般的开心。

他也给我们看伙伴们拍摄的照片：落雪的背景中或是湛蓝的天宇下，一只或几只灰白色的太平鸟挺立或飞翔着啄食忍冬树鲜红的果子。蓝白灰红，还有棕褐色的树枝，太平鸟黄黑色的羽毛，无论是静谧中的飞动还是飞翔中的沉稳，美都是那么真实而具体。还有那些凌空的白鹤、五彩的雉鸡，以及两只文须雀在嘴对嘴地喂食，一切都让人读得世事沉潜、岁月静好。

老孙的讲述令好几个年少时生活在乡村的人不约而同地开始检讨，纷纷说起他们对鸟儿们生命的搏杀与戕害。有人历数自己打过的鸟的品类，有人说起那些鸟的别名和美丽，有人说自己曾攒了一大袋鸟的羽毛用来炫耀自己的“伟绩”，今天想来能被标识的却只能是残忍和无知。我不曾伤过任何一只鸟的性命，但我懂得他们的满心愧怍。愿他们的童年不再被儿童复制，更不要被成人复制。

王总就在湿地旁边的亭子里为我们设宴，除了亭子有盖，这就是一顿纯粹的“野餐”——菜是就地采摘的野菜，鱼是湿地中刚刚捕捞上来的小杂鱼，炖鱼用的就是这天然水体里无污染的水。当我们说从来都只是在栈桥和岸边看湿地，想进到湿地深处去看看时，王总犹豫了一下说：“我开船带你们进去！我要不在，你们谁也进不去，那儿得好好地保护起来！”

这是一片曾经沉睡万年的水域，螺旋桨激起的水痕略带腥气。真正的秋天还没有到来，蒹葭的苍苍还不是茫茫的灰白之色，而是一片仍旧繁盛的苍翠。深水长蒲，浅水长苇，亭亭于水上的是今年的新苇，破碎飘荡于水面的是去年和陈年腐化的苇子，水面之下还有不可见的千百年累积下来层层叠叠盘旋交错的苇根。在我能够看到的水面和看不到的水底之间，是各种细碎的水草泛着深深浅浅的绿。这片湿地的水是清澈透明的，一眼就可以望穿它的澄净，而水草构成的世界就那样在自然的摇曳之中起起伏伏地延展，和地面上一样，有平原、有沟壑、有断崖、有深渊。那是一个我从不曾见过的世界，我莫名地为这个我从不曾见的细致入微的景象而感动，竟至于心怀激荡、泪流满面。

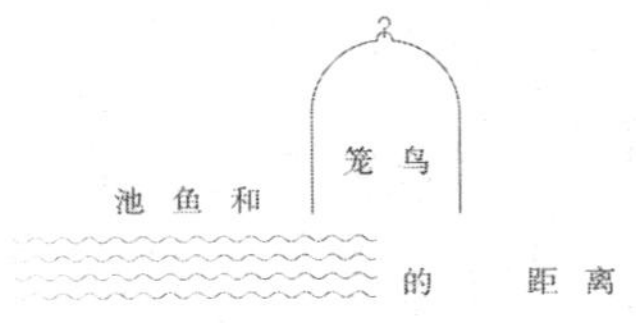

突然，有人喊：“鸟！”我抬起头来，以蓝天为衬布的绵绵蒲苇之上不时有鸟的翅膀掠过，老孙指给我们说那是野鸭，那是大鸨，那是灰雁，那是……鸟会从苇丛中飞起是因为它们有自由飞翔的愿望，也可能是我们这些不速之客的到来惊扰了它们。我为自己的擅闯而心生歉意，却也为这最近距离观察大型鸟类的飞腾而感到震撼——那些看似轻盈的舒扬里满载着羽翼的梦想，高频次艰难的扇动里饱含着生命的力量，那些从林甸飞起和飞过的每一片羽毛和羽毛的主人都应该感谢林甸人的小心与大爱。

茶：滚水与东方树叶的奇遇

据说从神农尝百草开始，茶就成了中国人生活中一个极其重要的部分。从药用、食用到饮用，茶在物质功能之外又渐次生出永不磨灭的抽象意韵，成了中华文化至为为必要的组成。茶圣陆羽在其《茶经》中说："茶者，南方之嘉木也，一尺、二尺乃 至数十尺"，"其字，或从草，或从木，或草木并。其地，上者生烂石，中者生栎壤，下者生黄土"，"茶之为用，味至寒，为饮最宜。精行俭德之人，若热渴、凝闷、脑疼、目涩、四肢烦、百节不舒，聊四五啜，与醍醐、甘露抗衡也"。李时珍在《本草纲目》中论述道："茶苦而寒，阴中之阴，沉也，降也，最能降火。火为百病，火降则上清矣。然火有五次，有虚实。苦少壮胃健之人，心肺脾胃之火多盛，故与茶相宜。"

中国是茶的故乡，茶文化在中国流传久矣，流布范围也极其广泛，其于国外的影响更有起于唐宋的“茶马古道”为证。曾朴的小说《孽海花》中曾经写过，万国博览会上各国公使夫人使尽浑身解数只为一逞才智尽展本国风采，而中国的公使夫人于一众人等莫不挥汗如雨的展会之中仅设一小小茶桌即凭借盏盏驱浊清神的香茗独占鳌头，尽领风骚。其聪慧多智在很长的时间内被传为佳话，中国的茶香韵味也随之一路袅袅深入了西方名流的视野。

因文化的缘故，茶在我心中素来与君子同名，我便总喜欢寻机亲近于它。我曾慕名参加过一个茶文化暨紫砂文化节，流连于我所不懂的各色名茶与紫砂茶具之间，并顺便看了几场茶艺表演，心中不免略有所感。

如今的茶艺师多为女性，这或许源于茶性之柔。我是一个对茶多有偏爱，又对女性颇多挑剔的人，因此便总觉得身为茶艺师的女孩子可以不必身段苗条、貌美如花，但总要有几分古典气质，方能更好地展示积淀中华四五千年的茶韵与茶香。茶艺表演的绝大多数内容都是要借助双手来展现的，你可以忽略茶艺师的脸，却唯独不能忽略她的手，你难以想象那些精美的白瓷碗、紫砂盅、玻璃杯和那些形色不一的茶的叶片会在一双欠缺美感的手中幻化出形神俱在、酸甜苦涩俱全的气息。所以，我觉得茶艺师最好还要有一双纤纤素手。我知道，我是有点苛刻了，但我的确是这样想的。并且，我想，因为是传播茶文化的使者，茶艺师的口才也要是极好的，除了成套的言语招式，她们最好还能根据茶客的具体情况加入应景的语句形成意义上的互动，带领茶客共同进入茶文化芬芳馥郁的境界。此外，她的语音要美，语调要柔，总之要与茶性相吻合，要能够呈现出不疾不徐、不焦不躁的浸润与静美。

茶艺表演是展示和传播茶文化的一种便捷的途径，其目的之一也是要愉悦他人，所以要求茶艺师的表情、动作要与背景音乐相配合，并与观众形成良好的互动。好的茶艺师在表演中能够像功夫高手一样达到人茶合一、物我两忘的境界。我那天所见的茶艺师几乎是清一色的女性，多数穿着旗袍上场。可是茶道专家说过，茶艺师的服饰是分节的，是所谓“上衣下裳”的形式，一件式的旗袍虽是华服却也算不得恰当，而她们的旗袍又大多太短，长度大约止于膝上一掌，于是味道就更加不对。这些茶艺师差不多都是刚刚二十出头的年纪，经过专业培训，动作和语调都还比较柔美、舒缓，但她们都还太年轻了些，大多又不是生长在茶乡，没有经历茶乡文化的熏陶和濡染，她们很难真正懂茶。不客气地说，她们中的许多人对茶的理解恐怕还不如那些茶文化界以外的人。

我曾与两位师姐妹一同在六月的毕业论文答辩季迎候一位姓曹的先生。刚刚进入房间，还未来得及洗去路上的仆仆风尘，曹先生就“命”我们烧水、洗杯子，茶几上的两只和洗漱间的两只放在一起凑足了四只玻璃杯。曹先生从自己的行李箱中取出一个不小的茶叶罐，他说那是前些时候他去杭州一个朋友送的，对方千叮咛万嘱咐只有一句话，就是告诉他这茶绝不可以送人。我不由地笑了，这一定是今年上好的春茶，凝结着好友的满腔情意。而出门只有两三天却带着那么大的一个茶叶罐，足见好茶已成了曹先生生活中不可或缺的良伴。

茶几上的玻璃凉杯是这家宾馆每个房间都有的标准配置，却正是最适宜冲泡西湖龙井的容器。只见曹先生先用热水温壶，然后放入茶叶，却只冲入大约五分之二的温水。在我们的诧异中，曹先生一边与我们闲谈，一边轻摇以凉杯，在他的轻摇之中，茶汤开始渐渐显色，龙井特有的绿正在慢慢地渗出来。又过片刻，曹先生方才将水续满，而水波宁静时，茶叶根根直立在水中。及至香茗在手，小心翼翼地品上一口，真的是齿颊芬芳，回味无穷。我不懂茶，品不出更加细微的特征，又不敢问曹先生这该是“明前”还是“雨前”，却第一次直观地感受到了龙井的色绿、香郁、味甘、形美。

我也曾和一位师兄一起去拜访我们自己的导师，先生捧出来待客的是一套紫砂茶具，杯子的大小只介于桂圆和荔枝之间。我自己也有还算精巧的紫砂，却从没触摸过如此小巧的茶器，诚惶诚恐地接过来，缓缓地嗅，轻轻地啜，是正宗安溪铁观音的味道。据说，冲泡铁观音最宜用白瓷或是紫砂，用白瓷者重在观其色，用紫砂者重在品其香，看来我的学者老师更像是一个抱持实用主义的人，就像他的学术风格，虽灵性毕现却是以笃实通达为基底的。

我更曾见过不少人，哪怕只是出个三两日的短差，也会携一套简约却不简单的茶具，茶壶、茶盏不但可以自娱，也足够招待二三好友。

文人与茶从来有着极为密切的关联，苏东坡“戏作小诗君勿笑，从来佳茗似佳人”的妙手偶得不但流传甚广，也常为大江南北的茶艺师所引用。郑板桥的对联“从来名士能评水，自古高僧爱斗茶”，更是将俗世茶香与禅家意趣巧妙结合后直白地示于人前。

茶文化中从来就有“禅茶一味”之说，从而将茶性与茶香引入了柴米之外更为空灵的境界。佛家讲“初学坐禅调五事”，所谓“五事”即是调饮食、调睡眠、调身、调息、调心，而饮茶所带来的好处恰恰符合佛教的教义与生活方式，茶也因此慢慢溶于其间成了佛教的“神物”。古往今来的僧人大多爱茶、嗜茶，许多立于茶乡的寺庙甚至有自己的专属茶园，并有专门的僧侣研究制茶技术和茶文化，所以我国有“自古名寺出名茶”的说法。茶圣陆羽本是一个弃儿，为竟陵龙盖寺住持僧智积禅师所收养。相传因陆羽不喜诵经学禅，智积禅师便命他学习冲茶以养其性，终使离开龙盖寺后的陆羽以茶成名。

“禅茶一味”之说也为小说家所借鉴，曹雪芹所著《红楼梦》里最懂茶之滋味的不是贾母之类年高历久的老人家，也不是贾政之类趋风近雅的官场清流，而是居于方外的出家人妙玉。

作为“开门七事”之一的茶在《红楼梦》中早已占据了饮食之外的次席，但最精妙的论茶文字并未出现在钟鸣鼎食之贾府的日常

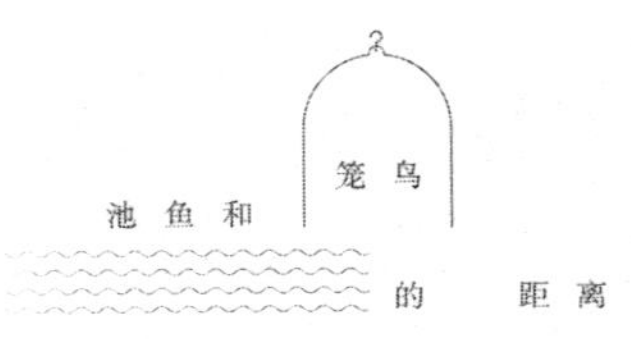

生活或是某一重要生活场景中，而是见于第四十一回妙玉的修行之处——栊翠庵。“贾宝玉品茶栊翠庵”，不但借烹茶之事将人们素来爱重的“宝黛钗”三人衬托成了地地道道的“俗人”，而且将品茶细事娓娓道来，并首次出现了“旧年蠲的雨水”和“梅花上的雪水”这样明白无误的清雅提示。

明人许次纾在《茶疏》中写道：“精茗蕴香，借水而发，无水不可与论茶也。”张大复在《梅花草堂笔谈》中也说：“茶性必发于水，八分之茶，遇十分之水，茶亦十分矣；八分之水，试十分之茶，茶只八分耳。”所以近人徐珂在《清稗类钞》“饮食类”中有“烹茶须先验水”之说。我国古代认为雨水、雪水为“天水”，《西游记》里也称其为最宜送服灵药的“无根之水”。茶是天地精华所孕，雨水雪水则是上天的恩赐，较山上水、河中水、井下水尤胜一筹，故而二者相配方才是品质上乘的天然之道。

古人饮茶重在取其清心养性之道，今人饮茶多继承之，但也有人日日捧着普洱作牛饮状纯为其减肥之功。我写散文的时候案上常要备些零碎小食，点饥之外以佐茶香；但我沉入所谓学术或读书或写字之时，手边却只需香茶一盏，这或许也算是特别的癖好吧。

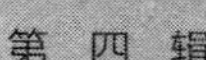

第 四 辑

这些年，那些美好与不美好的遇见

是否曾有人拨转时针设定程序，让我们在特定的路程与街口遇到一些人，或是远远地一瞥或是驻足寒暄，或是轻轻擦肩或是双手相握。最难忘的一定是那些年少的记忆，也许在于相遇早早、印痕深深，也许在于那份永不褪色的青葱与桃红。

湾仔的老陶

湾仔的老陶不是我的熟人，他只是香港作家董桥笔下曾不止一次记录的一个老友。

初识老陶大概是在2002年。那时，好像是三联出版社出了一套董桥的散文自选集，三卷本。我在书店闲逛时看到，就挑了其中最薄的、题为《从前》的一册。我用最快的时间看了一遍，然后马上再看第二遍，是真正的爱不释手的感觉。

董桥是如今已不多见的学贯中西的散文大家，他从小生活在南洋，在欧洲学习西语归来，在香港办过报纸也写过时评，我最爱他的文字就是这部薄薄的《从前》。后来干脆写了一篇文章发在2005年某期的《名作欣赏》上，并常在后来的日子里感叹：那差不多应该是我写的文字最美的一篇评论文章，而那种文字的感觉完全是被董桥的原作“带出来”的，我要是不那么写就仿佛会对不起董桥美轮美奂的叙述。

《从前》收录了董桥的二十九篇怀人之作，那些人物所处的时代不同、背景不一，却一律给人古色古香的印象。这许多年来，我不常记起那些风韵的美人、曲折的爱情和散碎的文化，却时常会想起老陶。

据董桥说，老陶是香港一家小出版社（或是杂志社）的编辑，从组稿、审稿到跑印刷厂等琐事都要他亲力亲为，而他的主要活动区域是在当时并不繁华的湾仔一带。老陶生活落魄，一生未娶，身体又不健硕，早早地就去世了。大意如此，事隔多年我真的是记不大清了。因为我的那本《从前》被很负责任的杂志编辑要去核对原文，而我后来就再也没有买到过这本书。

我想，我一直记得老陶的一个重要原因应该是这样的——董桥说，就是这样一个在香港市民中出没极不起眼的老陶，竟然是张大千先生的弟子，是曾经在网师园大风堂真正向大千先生学过画的。董桥还说，他见过老陶的画，画得真的不差，模仿张先生的那些也是几可乱真。

我相信董桥的评说绝不是信口雌黄，因为自称“文化遗民”的他知书懂画，甚至识得古董热衷收藏。董桥说，和大千先生的其他弟子比起来，老陶差的不是水准而是机会和炒作的手段。最让人心

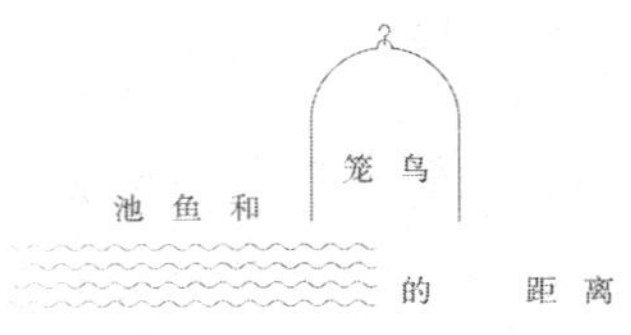

酸的是，当大风堂弟子举办展览的时候，师兄师姐竟然没人记起老陶，或是记起了却颇为不屑。董桥没有过多地去渲染老陶的郁郁寡欢，或是甘于寂寞，或是平静豁达，却以“寂寥”二字为题传达出了自己的心声。

董桥在他后来的另外一篇文章《湾仔从前有个爱莲榭》中也提到了这个老陶，他说：“三十几年前故友老陶带过我去看一位程先生的藏书，依稀记得是在湾仔春园街附近。”能记得老陶的，除了董桥这样的至情朋友，还会有什么人呢？反正这些年，不如意的时候我总会命令自己想想老陶，想想他那单薄的风里来雾里去的身影，然后擦干泪水，安慰自己，再对着镜子笑一下。我想，老陶这一副药对我和许多人来说应该是对症的！

戏里的青衣

祖父和父亲都是极其喜爱声音的人，在没有电视的年代里，收音机是他们的最爱，有了电视，他们最爱的仍旧不是“看”而是“听”。有时，他们在床上或是沙发上闭着眼歪了许久，一动也不动，你会以为他们睡着了，可是只要把开着的“声音”关掉，他们就会立刻发出抗议。但那么多年，他们却从不曾听戏。

我的听戏不知始于何时，先是广播里听，后是电视里看。因为并不是行家，只能很“用力”地去听那些与普通话有着太多差异的唱念之词，所以最喜欢电视里有字幕的那种，也因此受了不少人的嘲笑。他们说我真的是在“看戏”，只不过不是在看人家的“做工”而是在读汉字。

我对声音没有特殊的癖好，一个人在家时喜欢静静地读书或是冥想，连背景音乐也不需要的，因为我会嫌它吵。但做家务时我通常会开着电视，没有新闻的时候，常常一调就到了戏曲频道。京剧、昆曲、地方小戏我都看，前段写论文最紧张的时候总要熬夜却还在某一天偷闲用半个下午看了场越剧《柳毅传书》。戏曲频道在节目与节目之间常会插播一些片断，《三岔口》任堂惠与刘利华夜间摸黑打斗的段落似乎是编辑的最爱，女儿一看就说："怎么又是这段儿啊！"她曾耐着性子陪我看了整本的评剧《花为媒》和一小段儿昆曲《牡丹亭》，对我提出的看一场空中剧院的要求也总是不赞成也并不反对。

也许是因为更重外在的美，我偏爱京剧的旦角戏，但我和鲁迅先生一样不喜欢老旦，花旦和刀马旦的戏也都爱看一些，《拾玉镯》里的孙玉姣和《穆柯寨》里的穆桂英我都喜欢，不过要说最爱却还是青衣。青衣行当因演员多穿青褶子而得名，扮演的大多是端庄、严肃、正派的人物，大多数是贤妻良母，或者旧社会的贞节烈女，年龄一般都是由青年到中年。按照传统来说，青衣在旦行里占着最主要的位置，也最能表现京剧的特点，所以又叫正旦。青衣表演上的特点是唱工繁重，念韵白不念京白，动作幅度比较小，行动比较稳重，《祭塔》中的白娘子，《祭江》中的孙尚香都是青衣，京剧界被奉为宗师的"四大名旦"的主要成就也大多偏重于青衣行当或是青衣与花旦特征相结合的花衫。

青衣的戏中我最不喜欢的是秦香莲的苦情，最喜欢的是《武家坡》里王宝钏的口角剪断和《锁麟囊》中薛湘灵的良善无私、不信天命和能屈能伸。

秦香莲是中国婚姻不幸女人的代表，对于陈世美之外包括我在内的几乎所有人来说，她差不多都是可敬、可爱的。但同时，我还觉得她可怜也可恨！那个时代的女性的命运不是我们的今天和今天的我们可以理解的，但在责备陈世美见利忘义、见异思迁的同时，我有时却痛恨秦香莲的有眼无珠。这痛恨不在于她携儿带女万里寻夫，而在于女未嫁男未娶时她怎么就没能生出一双红拂女的风尘慧眼？莲花有香，但是莲心好苦！

王宝钏应该是中国男人一定意义上的人生理想之一吧，男人们应该都向往着美女垂青、决然下嫁、苦守贫贱和忠贞不渝！可是，薛平贵的十八年里有男子汉的建功立业，有代战公主的语笑温存，王宝钏的十八年却只有寒窑内外的凄风苦雨！武加坡上的路遇时节，薛平贵非但没有怜惜王宝钏菱花镜里不复如旧的容颜，却还要以金钱来测试她的贞节！当薛平贵用西皮流水板唱出“腰中取出银一锭，用手放在地平川。这锭银，三两三，拿回去，把家安。买绫罗，和绸缎，做一对少年的夫妻咱们过几年”时，王宝钏用同样的西皮流水板干脆利落地回敬道：“这锭银子我不要，与你娘做一个安家的钱。买白布，缝白衫，买白纸，糊白幡，做一个孝子的名儿在那天下传。”长短句结合的痛骂是那样的慷慨有力，这才是经历了十八载人世历练的知书达理的相府千金王宝钏！接下来跪地讨封的那一个不是她，而是男人的想象，是男人为自己在外面兜兜转转找到的理由和借口！

程派名剧《锁麟囊》是我百看不厌的一个剧目，两个青衣薛湘灵的施恩不图报和赵守贞的知恩必报相映成趣，展现了女子性灵中最美好的成分。出嫁路上春秋亭遇雨时，富家女子薛湘灵得知赵守贞家境贫寒缺少妆奁便将母亲给自己的绣着麒麟寄寓天赐佳儿并装满珠玉的锦囊慷慨相赠："我正不足她正少，她为饥寒我为娇。分我一枝珊瑚宝，安她半世凤凰巢"，"忙把梅香我低声叫，莫把姓名你信口哓"，"这都是神话凭空造，自把珠玉夸富豪。麟儿哪有神送到，积德才生玉树苗。小小囊儿何足道，救她饥渴胜琼瑶"。安稳雅致的唱词里处处闪烁着薛湘灵思想的火花，而优美的唱腔则尽显了她的闺秀身份。待到发生水灾流落异乡为奴，薛湘灵的理解则是："这也是老天爷一番教训，他叫我收余恨，免娇嗔，且自新，改性情，休恋逝水，苦海回生、早悟兰因"。正视现实的随遇而安显示了她豁达的性情，这样特异的女子怎能不让人为之流连？

《礼记·月令》说孟春之月"天子居青阳……驾仓龙，载青旂，衣青衣，服仓王"，古时青苍一色，所以春天的时候天子要用青色的骏马驾车，车上竖起青色的旗帜，人要穿青色的衣服，连身上所佩的都要是苍青色的美玉。郑玄注曰："皆所以顺时气也。""青"字从"生"从"肉"，是长身体的意思，本义为万物春生，后引申为田园在春天里的颜色，所以《说文》言其为"东方色也"，《释名》

说其“象物之生时色也”，春神也因此被称为“青帝”。由此可知，“青”在中国文化里曾是一个无比美好的词汇，象征着初始和希望。但戏里的青衣虽然是最能体现京剧神韵的旦角行当，却总是会凭空地添上些命途多舛的苦寒之态。

毕飞宇的小说《青衣》在拍电视剧前我就读过，相比之下我还是更喜欢小说，因为小说不但给我更多的想象空间，而且有着更加戏剧化的惝恍迷离的境界。青衣是活在戏里的人，电视剧里太多的人间烟火之气，与筱艳秋的气质、情怀极不吻合。当年陈凯歌拍的《霸王别姬》里张国荣演的程蝶衣就是戏里的青衣，他生活在柴米之外自己的精神世界之中，那是一个没有知音也不需要知音只有他自己才懂的梦，而如果有人懂了，这青衣的角色恐怕就再难入戏。

世如舞台，人生如戏。如果有可能，女人都该作一世的青衣，端庄、雅静，以水袖的流转呼应心灵的节拍，以响遏行云之音唱出生命的委婉与舒展。无论结果是成是败，青衣都能留一帧让人动容的剪影，都能竖起一个大写的自我。

坐在楼梯间

博士毕业前，我去读博的学校送一些毕业审批表之类的文件，出发的时候就想一定要去看看一周前刚刚和我一起通过博士论文答辩的隋师姐。答辩之前的那段日子我们差不多每天都会通话甚至见面，这七天的音讯隔绝让我着实有点想她。

知道她这天上午要参加硕士的毕业论文答辩，就没有打电话，只是发了一个短信。她一定是没有发现或是忙忘了，没有回。中午也没有打电话给她，因为我觉得累了一上午的她需要休息。午饭后过来，看见她的车停在楼下，可是问了人才知道她去上课了，而我恰恰错过了第一个课间。

前几天，她曾给过我一把她单人办公室的钥匙，她说有事过来我就可以在那里等她。可我从没有用过，我懂她的情意却不想侵犯她的领地。

她上课的教室在四楼，她的办公室在五楼，我于是选择在宽大的楼梯间等她，坐在四楼半的第三级台阶上。坐在这里，略微垂下眼睑，能看到的是五六十厘米高、两米多宽的玻璃窗。透过玻璃扑入眼帘的是学生宿舍一格一格的窗子，一律按部就班、循规蹈矩。相距很近的两栋楼的窗子之间掩映着初夏的绿树，那些并不蓊郁的枝叶在这个下午三四级的风里并不悠闲地摇来荡去。

楼梯间里很静，也许因为是周五的下午，只偶尔有一两个人通过，但始终有远处传来的各种杂音作背景。不知为什么，我的心里蓦然间充满了宁静，接着，就有一种写字的冲动。

摸出总是随身带着的纸页按在膝上，握笔在手时，却发现半天也落不下一个字。原来，内心过于宁静的时候，这世界就变成了无边无际的“空”。又过了一会儿，忽然想起，上大学时我也曾这样一个人坐在空寂的楼梯上。

那时候，我们的教室在顶楼，而顶楼只有四个班级。一个周末的晚上，同学们在教室里联欢，笑、闹、吵。我偷偷地溜出来，坐在楼梯的台阶上，一个人在嘈杂的声音中陷入冥想。过了许久，有同寝的姐妹找寻过来，问我在想什么。想什么？哦，我没想什么，我真的什么都没想，我只是打算在每天供人们上上下下的楼梯上小坐片刻，看我脚下的台阶一级一级地矮下去。那一次，我坐在最上面的一级，享受属于我一个人的心灵的宁静。

我们每天在楼梯上匆匆走过时，它只是行步的阶梯，只有坐下来的时候你才会发现许多你从没有发现的细节。原来它木质的扶手是那样的光滑，匠人打磨之外那必是千百人触摸的结果；原来它所依凭的铁艺是那样的精巧，融合了生活中看似粗糙的力与美。那一刻，一级级的台阶不在你的脚下只在你的眼前，与你的眼睛近在咫尺，也与你的心灵近在咫尺。那一刻，你会很轻易地看得清它的材质、它的棱角，甚至它供人踏足的平面上那几道用于装饰的规整的凹槽。

而当你在靠近底缘的台阶上坐下来时，只要在不经意间转头一瞥，你就会看到那些连绵不绝的立体的直角的切边，你也才更容易发现上升的路有多么陡峭、多么艰难。因为视角的调整，此时的楼梯会在无形中带给人更多的慌乱和挑战。如果你不懂，就请坐下来试试。

想起这些的时候，我看不见自己的形象，但我知道一个左手轻扶纸页，右手握笔托腮的剪影有多么美。这无人欣赏的美不是美丽的美，而是审美的美，是思想世界里一匹野马的昂然独立与引吭长嘶。

下课铃响时姐姐没有下课，上课铃响时姐姐还在上课，她一定有自己的理由。虽然牵挂着她，但我却忽然想要回去了，就如同王子猷雪夜访戴，是所谓“乘兴而来，兴尽而返”，我又何必一定执着到要见我想见的人呢？

一个女人和她的世界

那会儿我电脑收藏夹里东西不是很多，却有一个相对陌生的女子的博客地址，我不时会以匿名的方式溜上去看一眼。我不会请求加她为好友，甚至固执地、刻意地从不肯留下自己到访的足迹。

她是我两条线上朋友的朋友，初次听人说起她，我便爱上了她为自己取的轻巧如风的笔名。我的朋友他和她都同我说过这女子大致的情况，说她是一个受过情伤的，无比热爱文字和摄影的人，在自己的职业里尤其出色。

没错，她爱文字和摄影，她博客里链接的就只有两类人：一类是“写字的”，一类就是“摄影的”。进入她的博客，我看文字，也看图片，顺着她的视角看她所见的世界。和她的文字相比，我更爱她的图片，即使是色彩明丽的那些，也总是闪着怀旧的光晕，像极了我们这个年纪早已不复青春的情怀。

这女子与我年龄相仿，已经一个人带着孩子过了许多年。我问她圈里的友人说："你们要是真对她好，怎么不帮忙找个人把她嫁出去？"那几个码字儿为业的大男人都笑而不答，让我疑心他们的心里有太多的娇纵与不舍，就像哥哥们对待自己闺中的小妹——总不能随随便便就把她打发了吧！

她女儿和我女儿读同一个年级，因了这份莫名的爱就总想为她做点事。有一次，看到一则消息，说是市里有一个层次很高的直击中考的名师公益讲座，决定带女儿去听的同时不想让她的女儿错过，就从朋友那儿要了她的号码发了信息给她。也许因为骨子里的内敛和自卑，我一向不会热络待人，为免巴结之嫌亦很少主动向人示好，这一次在她这里算是一个例外，可是我没有等到她的回复。

朋友之前和我说过，"那孩子不大爱搭理人"。我相信。写字的人多少有些怪癖，尤其是女人，我也是。而且，回头看了一下，我发给她的信息的开头措辞极为正式，的确是有点儿像广告，这条来自陌生号码的信息大概她没有看到最后就直接删除了，所以我并没有太多的失落。

那会儿我以为我们的缘分仅止于此，但我仍会不时浏览她更新并不频繁的博客，不时从那里读到一点岁月深处的光影沉思。那是我也喜欢的小情调。

后来一位外地的文友过来，有人攒局，我和她同在受邀之列，我们就在同一张饭桌上见了第一面。

再后来，因为答应送一本书给她，约定地点的时候，她说："你来我家吧！"

那会儿还没有方便快捷的手机地图，她就在短信里描述了她家的方位，说如果找不到再给她打电话。我按响门铃时她无比惊讶，说没想到我如此准时，也没想到我居然这么顺利就找了过来，因为此前的每一位几乎都会走错。我笑说是因为她说明文字写得明白，而我也读得明白。

那天，她做了一顿饭给我吃。那之前，我只见过她照片里拍的自己做的菜；那之后，也有朋友嫉妒地说："十来年了，我一直都只见过她拍的菜，没吃过她做的菜！"那天的四道菜里，有一个是开江鱼，就是那个春天从刚刚解冻的松花江里捕上来的野生鱼。

美食之外，我也喜欢她的餐具，是一些形状、图案、颜色各异的美好的瓷器。她说就是在小区门口的地摊上买来的，那个摊子不固定，来不来，什么时候来，全看摊主的心情。

我给她翻看我的书里写瓷器的文字。她说，没想到你也喜欢这些东西。

过了一阵子，她说她买了一只挺好看的瓷碗给我。她没说来送，我也没说去取。这一放就是好几年的时间。

当年中考的孩子大学都读完了，我们的交往还是淡淡的，有时会在朋友圈下留个言，搭个话，有时连点赞都不必。彼此出了新书也会寄过来、寄过去。

她专门买给我的那只瓷碗应该还在吧。

一个城市住着，我想我们都还喜欢这不疾不徐，也不必刻意的交往。

一切就在那儿，安静地停留。如同第一面从未觉得陌生，未来再见，想必也是如此。

谢谢你还记得我

那天去学校的一个部门办事，一进门，已经有一个女士在里面了。走到跟前，她转过头看我，忽然说："看你好面熟啊！"我以为她是哪个系的老师，赶忙自报家门，说我是哪个系的，叫什么。我以为她也会报上自己的名字，可她没有，而是接下来问起我的家乡，然后说："你是不是徐玉珠老师那届的？"她口中的徐玉珠是我高中的语文老师，带我们两个文科班的语文课，也是另一个班的班主任，后来做了我们一中的校长。我诧异着说是，并试探着问："你……是我邻班的同学？"她点头，说她第一年高考落榜了，第二年考到了一所本科院校，现在是党校的老师，这次是过来联系听学术报告的事。和工作人员说完了该说的事情，我等她一起下楼，分别的时候我说："谢谢你还记得我！"

我真的该谢谢她还记得我。上高中那会儿我的功课并不好，除了偶尔在全校大会上演讲，还有随手写下的小诗会被好事的同学传阅，别的方面好像也不够出色，和外班同学更是从来不打交道，可是她居然记得隔壁班级的我！而从高中毕业，我们的分别已经有二十二年那么久了。这些年，回家乡的时候，我总是在各种场合被人"认"出来，而那一刻等待我的往往是尴尬和慌乱，因为我早已不记得对方。有一次在菜市场，卖地瓜的摊主直接叫出了我的名字，当然他也用了"你是不是"这样的句型。他说他是我的小学同学，还有凭有据地说起我的羊角辫。又有一次，我去银行取款，柜台里的男人拿过我的存折后抬头看了一眼，就很自然地问起我的母校，迎着我迟疑的目光，他报出了自己的名字，原来他是我的初中同学。

总能被别人认出，除了这些年我的外貌变化不是很大以外，也一定是因为他们当年都曾默默地关注过我，都一直认真汲取生活所给予的点点滴滴。而我不曾认出他们则是因为我一贯的粗心，或者还有过于自我、过于封闭的内心世界。虽然人到中年的时候我也开始怀念小时候那些自然天成无比纯净的情意，但在情感的世界里，那些能够在一瞥之间记起故人的才是理所当然的富翁。虽然我也有一干珍藏心底永远不敢相忘的朋友，但我依然能够感觉到自己的贫穷。

那么，从现在开始，多多地爱世界、爱生活吧！真的很希望有一天，也有人对我说："谢谢你还记得我！"

吮巧克力的女孩

大学时代的闺蜜途经这座城市，因为时间有限，我们约在火车站前的肯德基餐厅匆匆忙忙碰面。两杯咖啡、一份薯条，我们说着过去、现在和未来。

随着一阵喧嚷，两个十五六岁的女孩坐到了我们旁边的桌上。她们展开一张优惠券，挑选着自己喜欢的吃食。过了一会儿，一个女孩说："你去吧，我就在这儿等着吃了！"偏头看过去，一个女孩捏着纸币和优惠券起身离去，另一个还悠闲地坐在座位上——等等，她居然在吮巧克力！

那女孩的手上不是巧克力棒，而是一排德芙牛奶丝滑巧克力，45克装的。她没有像电视广告里的女主角那样，沿着制造商早就铸好的凹槽轻轻地掰下一小块儿，然后优雅地放到口中，而是……而是把巧克力的一端放进嘴里吮吸。看着她吮过的、变了模样的巧克力，我的心里翻腾起异样的感觉。当然，不是因为她影响到了我的食欲。

我女儿与这个女孩年纪相仿，她的同学不久前还评价说："小暖，你和你妈妈怎么都那么淑女啊！"听女儿转述的时候，我不由大笑，说："你没和你同学说，你妈妈小时候最喜欢跳墙、踢球，和男孩玩打打杀杀的游戏吗？你没说你妈妈现在走在没人的地方还会三窜两跳吗？"女儿说："不能说，说了会破坏你形象的！而且，我也不能跟她说我有多么善于'伪装'！"

从小到大女儿都是校园里的乖乖女，是品学兼优的那种，不但和同学相处十分融洽，老师们也都喜欢她，有些甚至会给她在我看来已经达到极致的宠爱。但只有我知道她骨子里的随性与叛逆。因为自己的经历，我从不教导女儿做"淑女"，但我从来都告诉她公共场合的行为规范有多么必要和重要，于是她就成了同学眼中的"淑女"。而我，去接她放学和开家长会的时候，我知道我是阿姨、是妈妈、是大学教授，即使再赶时间也要衣着整齐、步态优雅、谈吐大方，连听他们老师持续三个小时的集体训话饿得心慌时偷偷吃一块糖都要小心翼翼地尽量不被别人发现。因为我要保持的不仅是与我有关的一个长者和教授的形象，还有"小暖妈妈"的形象。

有一个朋友，吃东西的时候喜欢用手。不但自己这样，还怂恿我们说："下手吧，比筷子方便多了！"他说自己小时候因为直接用手抓东西吃没少挨打，但现在还是喜欢这样。喜欢就照做呗，打好领带套上西装去参加正式晚宴的时候他也是彬彬有礼进退有度的社会精英，他的天性只在要好的朋友面前才可以毫不掩饰，回爸爸妈妈那里更是再任性也不会挨打了。

带女儿出去郊游的时候，我会教唆她穿平时上学不能穿的短裙，带着她赤足在草地上狂奔，然后笑倒在一丛野花的脚下，大口大口地吃东西，在指点江山之际让食物的残渣自由地洒满衣襟。在家里，有时早上起床，突然来了灵感，我会立刻打开电脑，不梳头不洗脸不叠被子就开始工作。人前人后是有区别的，不是我们做不到“慎独”，而是我们需要天性的释放。

可是，一个十五六岁的女孩子怎么可以在大庭广众之下像个幼儿园的小朋友一样肆无忌惮地吮巧克力呢？哪怕是大口地咬或者是粗暴地嚼都比这要好得多！真的，她的家长没有教过她吗？我也不是一个多好的妈妈，所以我女儿也会背着破旧的书包上学，也会把自己的马尾辫梳得马马虎虎，也会和老师没大没小地说“我偏不”，但该告诉她的那些我好像都告诉她了，而她似乎也在一点点接受。

吮巧克力的女孩，让我想起普天下孩子的成长、家长的责任，以及很多很多……

从此，空巢

这是一场此生不会再有的旅行。我和先生把女儿送到南开大学，然后，独自返程。因为无论从何种意义上说，我似乎都十分需要这一次独行。

十八岁出门远行。我也是十八岁开始大学生活的，只是我走得并不远。女儿的十八岁，是高铁六个半小时的行程，是从东北到华北的一路穿行，从松花江畔抵达海河之滨。

天津，我一直觉得女儿与这座城市的缘分是冥冥中注定的。她从没来过这里，却在数年前就心仪此地、念念不忘。除了“天津之眼”的招引，她自己也说不清楚为什么。

填报高考志愿的时候，表格上的学校改了又改，始终没动的只有南开。录取结束，中国内地所有学校里，只有九所是她分数不及的，有些名校甚至能进最好的专业。可是她只钟情于这里，没有一丝一毫的后悔与不甘。

办完手续，买好必备品，先生应她的要求去开新生家长见面会，我则要赶回去给我的学生上明天的课。

我和女儿的分别是在她宿舍楼下的大厅。她送我下楼，顺便试用购水卡打了她大学时代第一杯需要付费的直饮水。或者也可能是她要打水，顺便送我下楼。我不介意也不挑剔其中的因果与先后。她要上楼，我要出门。我试探着问："要不，咱俩抱抱？"她嘻嘻地笑："抱啥呀，你走吧！"我理所当然平淡地离开，走到津城九月的阳光之下，享受身上的暖意融融，心中没有失落与寒凉。

十几分钟前，同一个地方，我们目睹了一对母女泪眼婆娑的分离。女儿偷偷地说："至于吗？"我报以一笑。我们都是某人所谓"情感冷漠"的人，但我们也有亲密的表达，只是从不火热。对亲人、对朋友，我们都更喜欢施予对方能够感受到的温暖（当然，也有人感受不到），而不是炙热。细水长流多好，温润而不激越多好。

分别的前一晚，我和女儿结伴。我们坐在车上浏览这个并不熟悉的城市，去看她惦念已久的天津之眼，然后在五大道漫步徜徉，在我们都喜欢的西式洋房绿树窄街之间就着矮墙说了好多的话。我们谈天说地、扯东扯西。在毫不刻意的情况下，我们并没有把它变成一场诫勉谈话或是深情惜别。我想我们都很喜欢也珍惜这样轻松平等的交流。

这十八年中，我们背负着各种相同与不相同的压力，算得上是共同走来。我们也曾有过“你死我活”的争吵，我更曾有过歇斯底里的发作，但当一切都已过去，我还是很庆幸母女关系之外有时我们还可以做朋友，虽然她也曾说过：“以后你只是我妈妈，不再是我朋友了！”

带她，我是第一次做妈妈，我没有经验，很多时候也没有以足够的耐心好好照顾她、呵护她。她握笔姿势不对我没有第一时间发现，等我发现时早已无法更改，而这一直让她歪头写字，我便疑心她轻微的近视直接与此有关。她小时候走路的姿势我一直觉得有点怪，似乎哪里不太对，却从没有仔细推究过，直到后来有人提醒说是有一点小小的“内八字”，我才忙着帮她纠正。就连暑假刚刚处理的慢性阑尾炎，最初的时候都是来自她自己的诊断。还有我情绪激烈时给她的伤害……这些，无论怎样追悔都是不可挽回的。无论她的未来是成功还是失败，这都将是我永生的遗憾。我没能做一个让自己满意的妈妈。

年岁渐长，读书渐多，曾经历经向上与拼搏的我更多愿以道家的自然之心看待人生与世事，我愿她跟从自己的内心走过未来的岁月，不迷信世俗所谓的成功与失败。而我只求她人生平顺、从容淡然。

怎样的人生都会有遗憾和不圆满，都会在面对特定事件时充满无力之感，所以“自然”未必不是最好的状态。我是颇为坚持女权的人，所以这种愿望无关性别，即使她是一个男孩，我也会如此祈愿。这是一个妈妈的心，甚至不会是一个“母亲”的想法。

所谓家国天下，是人在成长到一定阶段自然生出的责任与抱负，不是他人强加就能成就的。我们的惯性不是她的必然，亦不必成为她的必然。条条大路通罗马，更何况罗马并非人人宜居的城市，能成为什么样的人要看她自己的愿望与本事。

光彩夺目，她是我女儿；暗淡无光，她也是我女儿。我会因为这个选择爱她或者不爱她吗？生儿育女是父母的选择，不是儿女的选择，所以为人父母者理所当然更多的是义务而不是权力。尽量给她爱、给她自由飞翔的天空吧，无论是九天还是檐前。

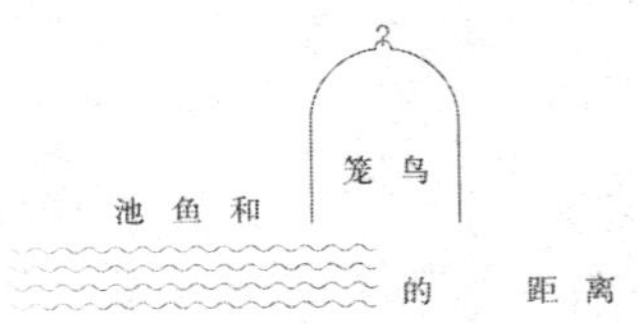

此生抱歉，来世不见

经常听到有人山盟海誓或是对天发愿，说要来世再续今生的缘。做爱人的愿说世世温暖相守，做朋友的愿说三生石上再轮回。且不说到底有谁见过彼岸花曳然长生，到底有谁执过孟婆的汤碗，只说现世，又有多少人能得到想得的珍惜，能放下该放的负累？

万丈红尘只是众多生灵的集散之地。遇到一个从不曾遇到的人，电光火石之间亦常有宝玉见了黛玉的错觉——“这个妹妹我曾见过的”。一瞥再瞥，多少人当不得临去秋波那一转；三言五语，多少人的促膝之谈便抵得几十年的相知相惜。用不到七灾八难、百转千回，便知道未来的数年数十年间，这女人和女人、女人和男人、男人和男人，定要有一段情意纠缠了。夜阑人静自问为何时，太多人都会得出一个至为简洁而又让人心安理得的答案：前世有缘。

这真的是前世的缘吗？

曾有个风靡一时广受推崇的故事：说一个书生的未婚妻在婚礼前夜抛下他另嫁了他人，书生意气难平便去求高僧开解。高僧带他去幻境寻前世。那女子本是路边的一具裸尸，书生经过时为她覆了一件衣衫，另一个人路过时却仔细地将她掩埋。今生的一段恋情是为报前世的遮蔽之恩，而她嫁的则是前世里埋她的人。书生于此了悟放下纠结，许多不平之心也在读了这个故事之后的一瞬间安宁了下来。

和这个故事不同，有一句话很短却隐藏着幽远深邃的故事："女儿是父亲前世的情人。"这说的当然是父亲对女儿的爱细腻深情无微不至，可是现实中男子与情人之间的爱多是匆遽而逝，禁不起岁月的消耗和碾压的。那些灵秀如水波、聪慧如冰雪的女子又怎会在后世覆辙重蹈，再次投入那个男人的怀抱？还有，那些前世滥情的男子，这一世到底会有多少女儿？那些忠贞自守的，下一世就没可能拥有自己的掌上明珠了吗？

可是更多的人并不想这么多，他们还是喜欢受着它的鼓舞与安慰。

一个女人默默地喜欢一个男人，她总愿意揣度他的心意。看他娇宠自己的女儿便笑说："羡慕死了，下辈子我做你女儿好不好？"男人说："好啊，再下辈子我做你儿子！"女人暗暗想：难道我们就没有别的缘分了吗？这就是明明白白的拒绝吧，是说我连他的情人都做不成。她不敢奢望还有来生，但她还是有希望成真的祈愿——可以名正言顺地在他身边，被他守护。

还有一个女人，要现实得多，她只要现世。

她和他，差不多就是世人所谓的红颜蓝颜。可他们都不喜欢这个词，不喜欢这词汇里的性别强调以及人人得见的暧昧。他们相识的时候已经人到中年，过着看似风马牛不相及的生活，但是偶尔的一句问候还是能够深入彼此的心灵。偶尔，问候，解颐，仅此而已，他们都知道自己不能再成为对方的别的什么人了，他们唯一的愿望就是对方能够好好地活着，健康、快乐，在现有的轨道上直至终老。

有时女人会说："希望有一天，能够看到你白发苍苍的样子。"其实他们相识的时候，他已经有了白发，只是黑发更多。男人总是笑笑："好几个算命的都说我能活到八十一，我一定让你看到我八十岁的样子。"女人总是满足地点头。含笑转过身去却会泪光闪闪地想：那时候他身边挽手相伴的人会是谁，而且我真的等得到那一天吗？她想起，也曾有同学与她相约老了住同一个小区，因为散步时或者还可以经常见到。也曾有姐妹相约老了去住同一个养老院……那些现世的约定果真就是来得及实现的吗？

曾有两三个男人一起，忽然谈起拥抱的话题。其中的一个说已经不记得多久没有被人抱过了——父母年纪大了，也从没有这种表达感情的习惯；太太是二十几年的夫妻，也不知从何时起就不再亲昵；儿子十八九了，更不会主动或被动地伸手抱抱曾经总把自己扛在肩头的老爸。我知道那份遗憾里有男人自身的责任，尤其是他应该每天拥抱自己的妻子，可我还是很同情他在不知不觉中失掉拥抱的落寞。我问那个满怀同情讲故事的人说："你没有立刻起来抱他一下吗？"对方轻巧而又调皮地说："那我就成'弯'的了！"是了，这就是男人的情感方式。他们含蓄、内敛，他们以为这是深沉。

如果是我的女友说她多久没被人抱过，我一定会揽她入怀，给她一个结结实实的拥抱，虽然我并不是一个很愿意与人肌肤相触的人。因为我知道她需要这份温暖而我又恰巧乐于给予，因为除了这份心疼我也实在没有别的什么能够给她的东西。如果她就这样一直孤单，直到离开，我的心无疑会更痛。

每一个生命都是一个奇迹，无论是受精卵、胚胎，还是从小婴儿长起来的每一个青年、中年和老年。人有旦夕祸福，那些曾在航班上留过遗书的人说，双脚再次踏上大地的那一刻，他们有一种重生的喜悦，也都决定抛下名利，珍爱亲朋。他们是对的。

我从不期许来世，从不曾对家人说来世还在一起，做父母的女儿、丈夫的妻子、女儿的娘亲。因为所有的爱恨纠缠，在这一世，说到底是甜也甜过苦也苦过了，下辈子也不会做得更好。如果力所能及，又何必非要等到来世再做补偿？我也不曾对好友说，来世愿能修成姐妹兄弟。这一世的距离刚刚好，没有扯不断的牵拉与撕咬，近便有恰到好处的暖，远也不至于就受了彻骨的寒。

亲情、友情、爱情，无论是哪一种，我们畏寒也畏暖。

只要有情在，先去的那一个就伤到了后去的那一个。所以先去的那一个，总是该带些歉意吧。陶渊明的《挽歌》说“亲戚或余悲，他人亦已歌”，这说的只是悲伤持续的长短，并不能证明那些后来的歌者不曾有过摧折心肝的伤痛。在每一场无论关系远近的葬礼上，那些沉默与戚容都是真实的，那里面会有对生命离去的惋惜哀伤，也会有暗滴血泪却不可言传和无以言传的难舍。

总有些人，可以看淡自己的生死却无法接受至爱亲朋的离去。来世，谁还会愿意再这么走上一遭呢?

如果有一天我必要先行离去，我想我会真诚地拱手道别说：此生抱歉，来世不见!

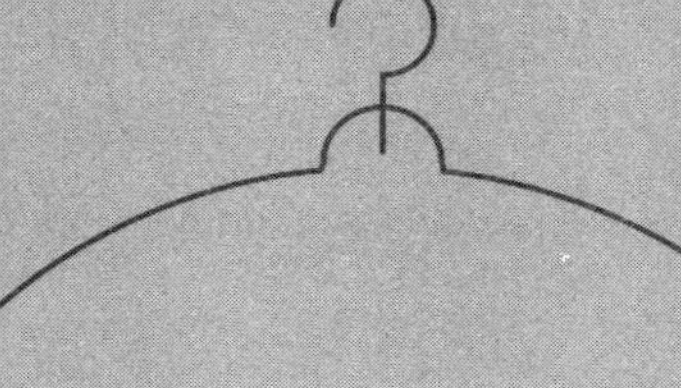

第 五 辑

校园笔记，你是永不泛黄的那一页

古人的年龄有各种旖旎的称谓，我们的“学龄”却枯涩地隔开了两个世界，所幸崭新的校园给了我们一个看似有界、其实无疆的领域，我们在这里长高长大，见人见事，历寒历暑，有知有识。

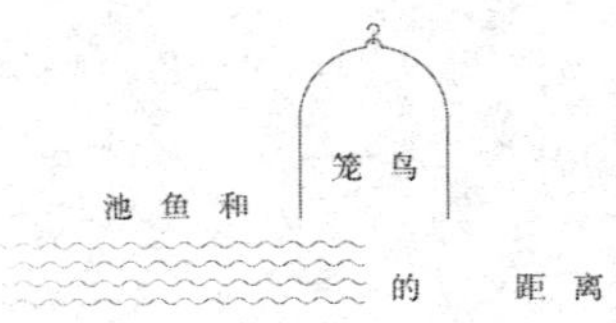

语文课代表

她曾是我初中时的语文课代表，但在更早的时候我们就相识了。

小学时，我们同年级不同班，彼此也没有什么印象。到五年级快毕业的时候，县里开运动会，让我校出一个由女生组成的花鼓队，我们都被选中了，排队时，她站在我的左侧。老师要求我们穿那时很流行的短纱裙，虽然不限颜色，我却还是没有。几次集合之后，我遭到了那个脸色铁青的女老师极为严厉的批评。

作为一个只有十二岁的、平时总会因为成绩好而受到表扬的女孩来说，那一刻，我的难堪无法用语言来形容，我的眼泪涌了上来。我低着头，极力控制着我的眼泪，这时，我听见她在我的身边轻轻地说："老师，我借一条裙子给她，行吗？"

她带我来到她家。大门锁着，她问我：“你敢跳墙吗？”我点了点头，我们就从她家高高的围墙上跳了进去。她很熟练地从酱缸的盖子下面摸出了一把钥匙，一边打开屋门，一边要我别告诉别人。一种被信任的温暖布满了我的全身，因为我不是“别人”。

她有两条纱裙，她把旧的借给了我，把新的留给了自己。裙子上身，看着她的美丽，我的寒碜，我不由地想：她要是能把新的借给我该多好啊！虽然她解除了我窘迫的处境，但小女孩的虚荣心仍然让我对她有一点点的埋怨。

上了初中，我们碰巧被分到同一个班级，有了前面的铺垫，我们很快成了十分要好的朋友。一次期中考试过后，老师要认定各门课的课代表了，他的标准是由单科成绩最高者来担任相应课程的课代表。那次考试，我的语文和历史两门课都是全班的最高分，而她的语文成绩和我一样都是92分。最后，老师让我担任了历史课代表，而她成了语文课代表。平时，我最喜欢的就是语文课，语文成绩总是遥遥领先，语文老师也很喜欢我，可这一次偏偏是我发挥得不好而她又表现极佳。就这样，我同语文课代表的头衔失之交臂。

我还像往常一样同她在一起玩儿，但因为这件事却在心理上对她有了一点点的疏远。当我真正能够做到冰释前嫌的时候已经是初二的下学期了。有一天，我看见她的嘴唇开裂而且正有血渗出来，就很关切地问她说：“你的嘴唇怎么出血了？是不是上火了？”她回答说：“已经好几天了，大概是因为太干燥吧。”那时正值春天，

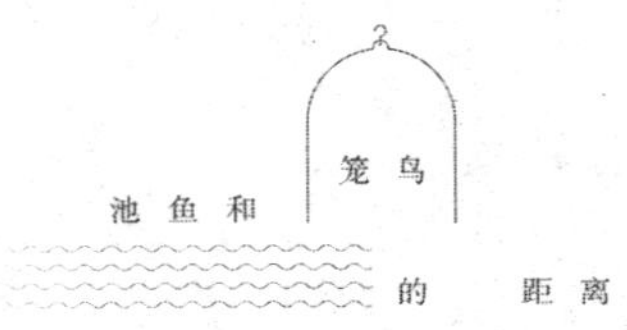

我便没有在意。第二天她没有来上学，老师说她父亲带她去看病了。第三天、第四天、第五天她都没有来。

第六天下午上自习的时候，老师把一位同她家住得很近的女同学叫了出去。十几分钟后，那个女同学是哭着回来的，开始我们以为她受到了批评，可过了不一会儿，我们几个平时很要好的女同学就都收到了她传过来的内容完全相同的字条，字条上只有五个字："尹淑云死了。"尹淑云是语文课代表的名字。

一直到现在，我都没有弄清她得的究竟是急性败血症，还是急性白血病。但无论是什么，她都永远地离开了我们的生活。看过了那张简单的字条，我就一直握着它，不敢松开我的手，我抑制不住地全身发抖，但我却没有眼泪。放学了，我没有像往日一样呼朋引伴，而是一个人匆匆地走在了回家的路上。我回到家，在只有我一个人的房间里大声地哭了起来，那哭声在我自己听来有一种震耳欲聋的感觉。那时的我还根本不懂生命的价值和意义，但我觉得我有理由为失去一个要好的伙伴而大声地哭泣。

母亲下班回来，很是诧异地问我怎么了，我说不出话，只是无力地把一直握在手里的已经被汗水濡湿的和揉皱的字条递给她。我知道母亲不但认识而且很喜欢那个乖巧的女孩，果然，我听到了母亲无奈的叹息。母亲没有劝我，而是默默地退出了房间，像往常一样为我准备可口的晚餐。我一直感谢母亲的沉默，因为她没有劝我，我才能够不受干扰地用我十几岁的阅历去思考关于人生的许多问题。

在语文课代表淡淡地走出我们的生活之后，语文老师没有征求我的意见就在课堂上亲自任命我做他的课代表，我只好没有选择地成了语文课代表。拥有了这个曾经梦想过的职位，我的心头却没有一点点的欣喜，因为我总会想起我曾经的语文课代表。后来我总是更加认真地上语文课，因为我觉得那个好成绩不仅是属于我的，更是属于她的。再后来，时光的列车将我们带到了毕业的站台，身后车门那哐啷的巨响中，一道记忆的闸门缓缓下落，而对未来的展望则成了这闸门上一把沉重的锁。

若干年后，我很偶然地在街上遇见了一位初中同学，她是我们班上另外一个语文课代表，初中毕业后早早就参加了工作，她很幸福地向我介绍她身边的新婚爱人，脸上全是幸福与满足。挥手作别时，我突然想起了已经跳脱三丈红尘的尹淑云，如果她还活着，她应该可以像我一样揣着大学文凭闯世界，或者像我们的另外一个语文课代表一样已经有了自己的爱人自己的家。

蓖麻花儿开

朋友搬了新家，不知好歹地捧回许多品种不一的绿色植物。看过了名贵的铁树、棕榈、巴西木，他拉我进了阳台，明知我是个五谷不分的家伙却偏指着陶盆里的植株不怀好意地考我说：“这个，你认识吗？”

那是一株生得十分美丽的蓖麻。植株高大、叶片挺秀，细细的阳光透过叶掌间的缝隙筛在地上，有着滴水观音一样的美。

看朋友瞪大了惊愕的眼睛，这蓖麻也触动了我久已不再翻起的往昔情怀。我轻轻坐下来，给他讲起了丽的故事——

丽是我初中的同学，那时个子与我差不多高，面色微黄，身体瘦削，喜欢把长发梳成两个麻花辫随意搭在胸前。丽长得不漂亮，学习成绩只居中游，在同学中不是很出众的一个，我也就不记得与她的初识，我只记得她坐我的后桌，终日表现着她平易随和的一面。

有时我们会互相借借钢笔橡皮之类的东西，上自习时也会偷偷地说些女孩子感兴趣的话题。大家在一起玩得多了，我才发现丽跳绳跳得好，毽子踢得也很棒，每次运动的时候，她的两条辫子都会极富节奏地跟着不停地跳跃，蝴蝶结在她的辫子上成了真正的蝴蝶。

由于办学条件比较紧张，我们那时是三个人共用一张桌子，两男一女或是两女一男，我坐在两个男生的中间，而丽和另外一个女生的中间坐着一个男生。有一次上自习，为了在一起说悄悄话，调侃着赶走了丽同桌的男生，结果那一节课挤得好难挨。对丽说“其实我们都不算胖”时，她却说：“平时，那两个男生能离你这么近吗？”同样十五岁的我从不曾想过这一点。

丽是个早熟的女孩，很多事都懂得比我们早。这或许与她的家境有着密切的关系。

丽的父亲是一个普通的工人，长着一张颇有些阴郁的脸。丽的母亲是一个精神病患者，不但不能做家务，生活起居还时常要人照顾，性起时还会动手打人。直到现在我还觉得她的病似乎不像人们说的那样严重，因为第一次去她家，我甚至还在不知情的情况下同丽的母亲拉过家常，后来因为听人说她在发病时会拼命打人就总是站在离她很远的地方或是稍坐片刻就离开。

丽还有一个读小学的弟弟和一个读技校的姐姐。那时的技校生

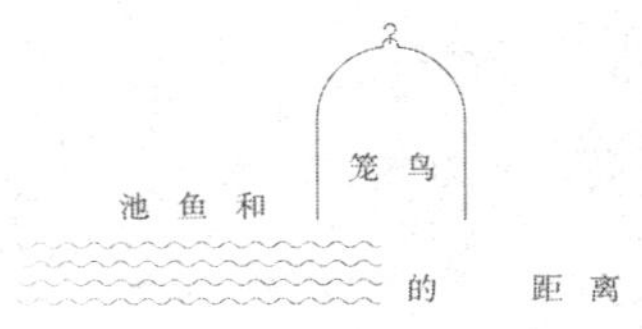

大多给人印象很差，男的油头粉面，女的花枝招展，总之都是些不学无术之辈，丽的姐姐似乎也没什么不同。

初中毕业前我有一次去她家，看见她自己开垦的只有两平方米大的小花圃里长着一株极大的植物，它的漂亮与挺拔一下就击中了我。丽告诉我它叫蓖麻，是一种极易成活的油料作物，当然用作观赏也是可以的。我向她讨种子，她说秋后一定给我。

初中毕业，我考入了重点高中，与她分开了，兼之秋凉渐起，也就一点点地忘记了关于蓖麻的事。可就在这时，突然传来关于丽的消息。消息说，在一个没有任何先兆的夜里，丽的母亲用斧头砍死了自己的丈夫。

我匆匆约了同学去看丽。到她家的时候，她刚刚同亲戚一起把母亲送进精神病院，脸色苍白，眼睛红肿。忘了同她都谈些什么，临走时她却突然叫住我，递给我一包东西，打开一看，竟是五颗美丽的蓖麻种子。那一刻，我百感交集。

我上大学时听说她结婚嫁到外地了，丈夫是一个很好的人，我也曾在街上见过她抱着自己还在襁褓中的儿子，脸上是平常的幸福。

那以后的许多年我都没有再见过她，也没有听到过关于她的任何消息，可我真的很想知道：现在，她的生活中是否还有一块属于蓖麻的泥土。

寂寞是因为思念谁

萍，故乡又是秋节，缤纷摇曳的叶子正眨着眼睛诱惑每个充满幻想而又不甘寂寞的人。远离故乡的你知不知道寂寞的滋味？寂寞是因为思念谁。

那年那月，大学校园里一个黄叶如蝶的午后，迎面走来的并不相识的你，忽然立住了脚，突兀地叫了我的名字，然后真诚地说："你的声音真好听！"那时的我初任校广播站的播音员，每一朵善意的微笑都会留下令我回味的印记，更何况是你热情的称赞。

就这样，我们记住了彼此。各叙年齿时，你快活地说："呀，我是二月耗子，你是十一月耗子！"接下来，我们就以"耗子"自居，明目张胆地啃咬自己感兴趣的一切。

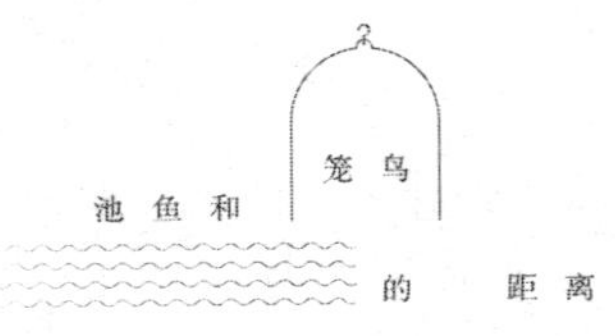

说起这所学校，我眉飞色舞地讲如何走了一段调换专业的弯路，终于如愿以偿地进了自己最喜欢的中文系。我没料到，学政治的你却黯然说，你也喜欢中文，可做工人的父母没能力帮你。我立时缄口，为我自己对你不经意的伤害，也为自己心底生出的莫名其妙的浅痛。

愈是走得近，我们就愈是能够发现彼此身上有着太多的相似。我们是两个小傻子呢，我可以因为与你的一次彻夜长谈而忘乎所以，以致下楼时会手舞足蹈扭伤了脚；你也可以因为我一次出色的演讲在礼堂门口等上一个小时，却只为讲一句祝贺的话；我们还可以因为兴之所至，双双剪短了头发，在雨中同念一首席慕容的诗……

萍，还记得吗，很长时间我都没拒绝一位男孩的追求，甚至怀着青春的悸动把你当成了最好的倾听者，向你讲述那种被人追求的甜蜜的感受。可直到他向我要答案，我才知道，高中时代，你曾是他最初的恋人。我毫不犹豫地拒绝了他，可我还是重重地伤了你。

我怎么也忘不了，那个时候你唱得最多的是赵传的歌："我是一只小小鸟，怎么飞也飞不高，偶然站了树梢却成为猎人的目标……"萍，你唱得动情，我听得心碎。

萍，你的贫穷的父亲不能给你以荣耀，你的风流的母亲不能给你以自信，你的不懂事的弟弟不能给你以安慰，而我，你的最好的朋友的存在，带给你的又是另一种至为深重的伤害。不管你是否承认，后来的日子，我们只能就这样带着心底的痛"好"着，抹不去阴影，看不到希望。

毕业联欢会有我的主持、你的舞蹈。那会儿太忙了，我们整天碰不到一起，甚至连最后的彩排都不能制止你的缺席。我只好一个人静静地体味你要用的乐曲，揣度着你究竟会怎样张扬青春的风采。

演出那天，我有些惴惴地用“鸟儿折断的翅膀/重又翱翔在蓝天”报出了你的节目。舞台边上，擦肩而过的那一瞬间，我看见了你眼中异样的闪光。乐声渐起，厚重的幕布后面，我的眼泪不由自主地滑落下来——台上的你分明是一只折断了羽翼又自山谷中奋起腾飞的鹰！就在那一刻，我才真正知道了什么是心有灵犀，而心有灵犀说明我们始终都是真正的朋友，为着这份感动我才悄悄地流了泪。

走出校园，远离了所有风花雪月的故事，我的相框里却依旧是两个女孩清纯的笑靥。

谁知刚刚第一个元旦，我殷勤的问候就杳如黄鹤。我急切地探询你的去向，人们都神色诡秘地摇头。一位朋友受不了我的焦灼，才吞吞吐吐地告诉我说，你同一位老板去了深圳，去批发或是零售你的青春。

我不相信，我怎么会相信呢，你二十二岁的生命里还有那么多没做完的梦和没开完的花！虽然你说过你会走极端，可我不相信这一天会来得这样地快，还有，难道你忘了毕业晚会上你自己演绎的那只鹰了吗？

萍，当我收到你用涂了蔻丹的手指塞进信筒的、还带着梅雨气息的信时，我的心酸酸的。萍，你知不知道痛苦的滋味？痛苦是因为想忘记谁。

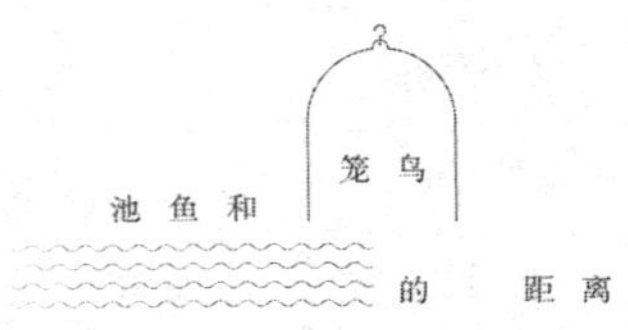

时光的脚步

那天，走在春日傍晚暖意融融的阳光下。“老师”，一个清脆的女声从身后追过来。那是我十分熟悉的一个朝气蓬勃的女孩子，一手抱着一卷大大的红纸，一手托着一小瓶广告色。“这是要写什么通知啊？”我调侃着问她。

原来，明天上午她们要搞一个大型的话剧表演，她跑过来就是要向我发出非正式的，其实也是非常正式的邀请，她说作为主创人员的她会在前排给我留一个座位。看着她那张甜美生动的脸，光洁、热情，连细微的汗毛也清晰可见。

我有些动心，想知道学生的作品和名家到底有什么区别。我不忍心拒绝她，想一口应下这热诚的邀约。可略作沉吟，我还是说：“谢谢你，可明天我要给一个编辑赶一篇一万多字的稿子。对不起。”我看得到她眼中的失望，可我只能向她歉意地笑笑。我不能假意答应她，然后做一个爽约的老师、不守时的人。

徜徉在校园的路上，不时有学生从我身边匆匆走过，去忙各自的事情。穿梭的人流和呼啸而过的自行车影让我恍然回到自己的学生时代，掐指一算，那才不过是十年前的事情。那时的我和他们一样年轻，和他们一样对未来的生活充满憧憬和梦想，和他们一样不甘心放弃每一次展示自己的机会。

可十年的光景竟让这一切都在无形中被改变，我不再渴望人前的雷动掌声，我不再回味追光灯下五色的霓虹，我甚至开始固执地拒绝走上前台的机会，更多的人都只能看到我的成果却看不到我的人。

我开始在喧嚣中向往安宁，因为我忽然了解到淡泊会创造许多人生的好处——沉浸在袅袅的书香之中，我可以让自己的灵魂恣意飞翔；沉静地守住一方书桌，我的指尖自然会流淌出美妙的文字。我为自己的发现而惊喜，我为自己的惊喜而流连。

可我从没有排斥过年轻的生活，我从那样的喧闹中走过，领略的甚至是一般人所不能见的繁华，这一切早已成为我二十岁生命中一抹永恒的华彩，不会同岁月的铅华一道凋落了艳丽的颜色。

前些天去作协开会，一群人正聊得热火朝天，却见门口有人一招手，就有两位六七十岁的老人家拔腿便走。不放心地问他们去哪里，他们拍了拍手中的书说去找作者签个名。那书是作协或是作者白送的，每人的材料袋里都有一本，写作水平实在让人不敢恭维。

看着老人家出门去，我们这些年轻人互相对视一眼，眼神里全是理解与感佩。少年们追星让人不由自主地多些玩物丧志的感慨，老人们追星却无端地让人觉得他们对生活的热情与信心，让人不得不心生敬意。

时光的微风轻轻拂过，时光的脚步缓缓走过，时光带走年少的浮躁，时光留下岁月的激情。

六月的手势

这是一个焦灼的季节，也是一个洒脱的季节——焦灼是因为它越来越高的温度、越来越多的燥热，洒脱则是因为它越来越薄的衣衫、越来越少的束缚。当校园里的孩子们脸上多了越来越复杂的表情时，我们不得不承认六月来了。

十六年前的六月，我在它的最后一天收起了所有的高中课本。那时的高考还在七月，是七日至九日的三天，可我的老师们说，到了七月就不必再看书了，已经会的忘不了，还不会的基本也看不会了。我就那样讪讪地收起了课本，准备以彩排的心态去面对眼前的七月。可谁也没想到，本打算把光荣与梦想留给下一个365天的我竟被人流裹挟着，稀里糊涂地到了独木桥的另一岸。回望来路，没有惊险，

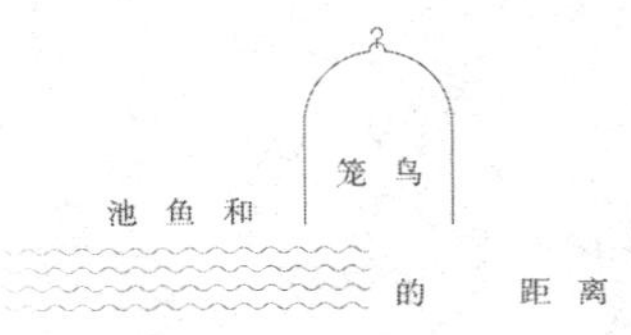

只有侥幸。

几年以后，正做中学教师的我第一次在自己的文字中百转千回地咏写六月。那时，我教了三年的学生们也要像我当年一样走进考场了。为他们的最后一次模拟考试监考时，站在教室的最后一排，靠在六月冰冷的墙上，我情不自禁地落泪了，我舍不得将自己的第一批雏鸟放飞出巢却又必须这样做！面对他们留给我的满满一桌面手折的纸鹤，我不能不把这些精美的小东西折算成几百个单词和上百道数学题，不能不以一个师者的良心去责备他们，虽然我知道这些纸鹤负载着学生们万金难买的深情。20 世纪的最后一个年头，当我在一所民办高校里与我的学生依依惜别时，窗外正飞满北国的精灵，可我心头涌起的却依旧是六月的情愫。

十几年前，我们校园里现在的文科综合楼还只是一块被人们叫作“风雨球场”的平地，它和现在的宣传栏之间有一个不大的圆形花坛。每到初夏，花坛里就种满了成片的虞美人花。虞美人的花期在六月，花开持续的时间也不太长，大抵是虞美人花一开，毕业生的心就乌云蔽日；虞美人花一落，毕业生就该背起行囊。每到一片红花竞相怒放的时候，毕业生就会争先恐后地来这里拍照留念，而他们最想在人生底片上留下的当然也不会只是这一片灼眼的艳红。

学生是流动的，师者是恒久的。每年都看见新老生的汇聚云散，每年都目睹虞美人的花开花落，心头就难免会跃出李白的“伤心碧”与眼前的“寂寞红”来两相对照。后来，圆形花坛不见了，虞美人却还在校园的别处红着，在花瓣的展颜与零落之间提示着人们：又有一场人生的盛筵将要散去。最近几年，虞美人的踪影在校园里渐渐难以寻觅，也许是因为它不想让更多师者在怀旧的六月触景伤情吧。

每年六月，校园里拍照的学生总是最多的，甚至多过刚上大学的那个秋天。他们拍教学楼、图书馆，拍红花碧草、灰瓦朱檐，拍校园里一切值得纪念的角角落落，还有他们的老师。我时常会在六月接到学生的电话，或是被他们有预谋地堵在校园的甬路上。他们会诚恳地说："老师，和我们照张相吧！"面对一群可爱的学生，面对那些熟悉的或是似曾相识的或是干脆十分陌生的面孔，我通常有着愣头愣脑的尴尬——我无法全部叫出他们的名字，甚至连一半都不能够。我照直表达了我的遗憾，可他们说："老师，您记不记住我们没关系，您值得我们记住就足够了。"我知道，短短的一句话就是他们给予我的无上的荣誉，足以让我生出手足无措的感动，足以让我的心里充盈起水汪汪的满足。

眼前又是六月，我们精心侍弄的庄稼又要被别人收割了，再看他们的憨态与稚拙，再看他们的聪慧与灵巧，都已经不可能了。我们的麦子、我们的油菜、我们的豆荚、我们的谷穗啊，离开这片土地意味着你们将在这里留下生命永恒的茬口，但它应该是甜，不是痛。带上大学这道虚掩的门时，我不知道有多少人会默默念起徐志摩的那句诗，"我轻轻地招手 / 不带走一片云彩"可是，天光云影已在心底，你真的相信有人会做得到吗？

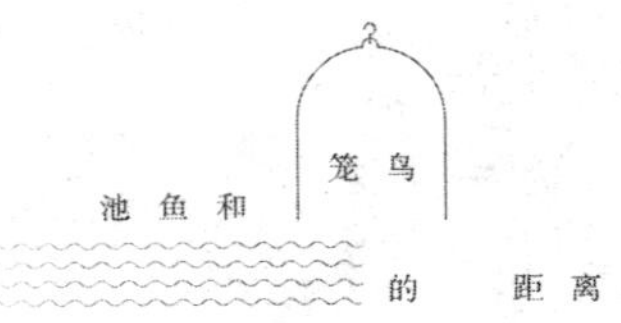

圣诞礼物及其他

接女儿放学的时候，老远就看见她提着两只袋子。我知道，那一定是同学送她的圣诞礼物。

路上，她给我讲了好多曲折而有趣的收到礼物的情形。比如，有人满教室里给大家发围巾；比如，有人非要比较一个男生送给两个女生的贺卡上的祝福是不是一样的；比如，有人死乞白赖地非要某人送自己一份指定的礼物；比如，自己正和同学说话，结果一回头就发现桌上多了一件东西，却没看清是谁送的，等等。

女儿说："一会儿我要去买几张包装纸，我拿着东西，你帮我挑，咱俩审美眼光差不多！"

能得到如此信任真让我受宠若惊。可是想想还是不对——

十四五岁的小妹和四十岁的阿姨有着差不多的眼光，如果是真的，肯定是其中一个人的审美有问题！

回到家吃过饭，差不多替她包了一个晚上的礼物！东西不是很多，主要是我笨！

替她做这手工是因为她还有一大堆的作业。初四了，毕业班了，最后一个圣诞节，也差不多应该是他们一起过的最后一个节了，紧接着的元旦孩子们并不大在意。

我一向不支持孩子们乱七八糟地过节、乱七八糟地送礼物，可这次我说："该送的都要送，不要让人觉得你小气！更不要让人觉得你因为功课好就瞧不起人！"

一边写作业，她的手机一边不时地响起：有电话也有短信，有问答案的也有发来祝福的。

她说："我念一条短信给你，去年好像也收到过！"她念的短信就是那个什么，一不小心摔倒，掉出一颗心来，心上有你的名字，然后要求回复和转发大家就都有好运的那种。

她刚念完，又一条短信刷地进来了。然后，我就听见她大叫："怎么又是这个呀！"然后，她又说："怎么没有女生给我发这个呀？"我随口答："那是因为她们都发给男生了！"女儿摇头晃脑地说："精辟！要是我同桌在这儿，一定会说'太精辟了'！"她同桌是一个很可爱的女生，我一直想写一篇关于她的文章却一直都没空出手来，女儿常说我和那女孩在某种意义上都是"大脑没沟回"的那种。

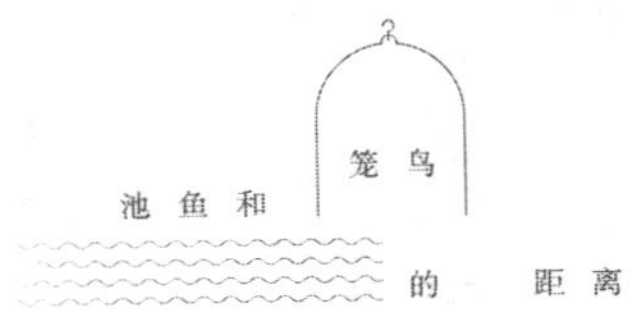

但这丝毫不影响她喜欢我们。

女儿说那条短信的全文有四条信息那么长，还说，他们什么意思？我说："一个可以群发的短信，当然没什么意思！"女儿说："嗯，你说得对！"我愿意相信那些孩子无邪的心思，也愿意相信自己四两拨千斤的力量。

前些天去接女儿放学，她小声说："前边，那两个人，我们班的！"女儿说过，他们两个算是一对小恋人。

那是一个男孩和一个女孩，在路边说话，面对面站得很近。也许是因为说完了话，也许是因为我们过来，他们各自走开了。但走开前，有一个细节——那个个子高高的男孩子有意向前送了一下左肩，正好轻轻碰在女孩略微低垂的额头上。那一幕看上去很美。我知道，这一瞬间的感受不是一个成年人该有的，至少不是一个负责任的成年人该有的。而最重要的原因当然是：那两个都不是我的孩子！

我一向反对"早恋"的说法，但我也一向反对中学生的恋爱——他们还太小，他们很难为自己所谓的"爱情"承担责任。我可以容许孩子们生出朦胧而美好的感情，因为这代表他们心理发育正常，但我反对他们带有浓郁性别色彩的身体接触，唱歌跳舞做游戏的那种都不算。现在的孩子都成熟得早，很多事家长无心掌控也无法掌控。

女儿是学校里为数不多的没人"追"的女生，她的手机和秘密全部向我无条件开放（爸爸就不行，不是因为他是爸爸，而是因为他总拿自己当“爸爸”），每天放学路上向我哇里哇啦讲的全是学校的事情，恨不能一股脑地把她一天的校园生活全部倒给我。她也常会告诉我谁谁谁好像很喜欢她，而她喜欢谁谁谁，谁谁谁又喜欢谁谁谁。从那些孩子气的话语和事件中，我知道，她说的喜欢就是喜欢，是男生和女生的交往，更是人和人的交往。

很多男孩子都对女儿很关照，但事实是女儿没人“追”。这让好多女孩子都替她“抱不平”。可是女儿气定神闲，和一大群男生女生做着等距离的朋友，从没有人因为她的缘故和别人赌气、拌嘴。我为此心中窃喜。因为我总觉得功课好、人缘好，又漂亮又可爱的女生身上是有一股“仙气”的，让人情不自禁地想要亲近，却又只能臣服于她凛然不可侵犯的气质。这样的女生应该可以得到更多的关爱和更好的成长。

我觉得女儿身上就有这样的“仙气”，当然这也可能只是一个妈妈的错觉。但我希望，无论哪一个女生，这种气质最好只保持到二十四岁，然后，她就要很正常地恋爱、结婚、生子，要有幸福的家庭生活。我和女儿都相信，她的爱情要在一个优秀分子荟萃的地方才能遇到。

一个圣诞节，我想到的，看似是不着边际的事情，但这的确是孩子们一次情感大公开的契机，会有好多不期然的状况发生。我只是希望，孩子们身上的童真能够保持得久一点，再久一点！

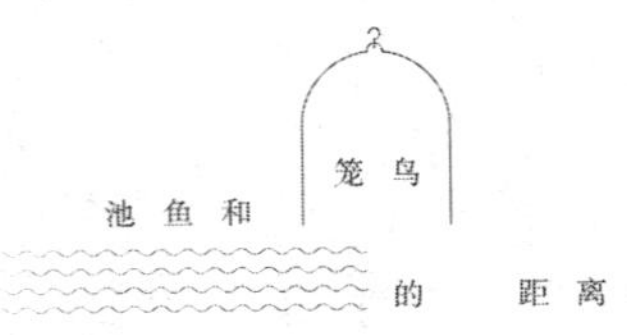

一路同行

快到三十五岁的时候，许多人喊我“作家”，也有人偷偷地把“副”字去掉直接称我“教授”。可我觉得生命里还有些什么事情要做，于是决定复习考博。

选来选去，我发现最好的读书地点还是自己任教的这所大学的图书馆。图书馆真的是一个好地方，永远是那样的安静，永远是那样的清洁，走进去就会让人气定神凝、神清气爽。

我在教师阅览室时申请了一个免费的储物柜，把我差不多全部的复习资料都放在那里。正式进驻前，我还翻出了自己读硕士时用过的那块白色桌布，虽然它已不复是当年雪白的模样，但展开它，一颗浮躁的心立刻就会定下来，整个人就会慢慢地浸入袅袅的书香。

我通常会泡一杯绿茶带过来，用我的透明的杯子。呷一口清茶，任淡淡的香和淡淡的涩一起在舌尖上缠绕，我枯燥的单词和术语也在瞬间变得鲜活、生动起来。偶尔，我也会望定那色泽丰润、舒卷起伏的叶子发一会儿小小的呆，漫无边际地想想过去和未来。

也许是因为老师们的教学任务重，阅览室里的人总是不很多，学校就允许一部分准备考研的学生进来上自习。学生们很守规矩，总是悄悄地来悄悄地走，我也很守时，白天没课的时候差不多都会去。

一天早晨，当我走到储物柜前面想打开自己的那扇小门的时候，却发现上面用磁力扣粘了一张卡片。磁力扣是一个银色的展开翅膀的天使，姿态很美，仿佛是学过芭蕾的。拿下那张卡片，翻转过来，竟是我的一张侧面素描：发髻光滑、睫毛低垂，看得出我的神情很专注，他的笔法很流畅。下面是一句话："老师，你的侧影好美！"后面没有署名，只是留了一个手机号码。

我抬头张望了一下，屋子里的人都在认真做事，有的在查阅资料，有的在写写画画，我不知道哪一个是偷偷画我的人，也不知道他此刻是否就在这间阅览室里。出于礼貌，我在中午的时候给那个号码发了一条短信，表示我的谢意。其实，之前我是想了又想的，因为我不大愿意和陌生的学生们有太多的瓜葛，而且从字迹看，画画的人应该是个男生。

我没料到他竟细心地记下了我的号码。后来的日子里，他会不时发短信给我，会说这几天心情很好或是很差，会告诉我哪里有好的外语参考书卖，甚至会细心地提醒我“寒来加衣”。从他的短信里我知道他是美术系大四的学生，正在准备考研，曾在我出去时溜到我桌边偷偷看过，知道我的外语是和他一样的小语种。他的每条短信都是陈述性的，都告诉我不用回复。我也只在他迷茫困顿的时候才会开导几句，而他每次都客气地说谢谢。

但面对他时常不期而至的短信，我还是十分惶恐——我是个不折不扣的成年人了，而他只是个孩子——我担心他会有什么莫名其妙的想法，却不敢胡乱揣度，更不敢贸然开口，我怕我的敏感或是自作多情会伤到他。

就在我犹豫着不知如何是好的时候，又收到了他一条短信。他说：“老师，昨天我看见你们一家三口了。你老公好帅，你女儿好可爱，那场面太温馨太美了！可你真的很年轻啊，像你女儿的姐姐！”原来他知道我已经不再年轻，也知道我有一个和美的家庭，他什么都知道我就放心了。

冬天的时候，我拿了省里的一个奖，学校的报上发了消息。他在第一时间给我祝贺的短信，他说他还向寝室的同学炫耀，说他认识“中文系那个年轻漂亮又很有才气的女老师”，可那群男孩子嘲笑他说我们并不“相识”。我于是担心他会突然跑到我面前说出他的名字，可是他没有。

春天来了，我考试结束的时候正是学生考研成绩公布的时候，我没有收到他的信息。我想他大概是落榜了。当我看到自己高居榜首的考博成绩时，正是硕士研究生陆续复试的时候，仍旧没有他的消息。

暑假快到的时候，我终于收到了他的短信。他说他考上了理想的学校，有了入学通知书这确凿的证据他才敢告诉我，以免我失望。他还说刚开始复习时他总是偷懒，总是懈怠，甚至想要半途而废，是我每天出现的身影和不倦的精神给了他无形的鼓励。“三十几岁的女生尚且有学业上的追求，二十几岁的男生怎么能放弃呢！”他说，虽然我不认识他，也不知道他是谁，但无论走到哪里，他都会说我是他的老师，因为是我让他真正明白了“身教胜于言教”的道理。

毕业典礼那天，我从校园里走过，一群笑靥如花的男孩女孩正穿着学士袍拍照留念。我不知道过往的人群中哪一张笑脸是属于他的，但因为他，我再度庆幸自己选择了师者的职业。

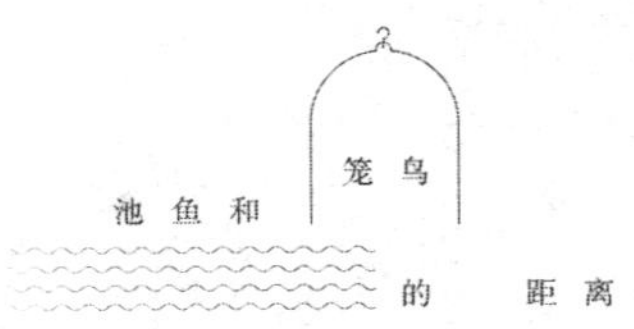

你也曾是谁的花朵

好些年前朴树有一首歌叫《那些花儿》。“那片笑声让我想起我的那些花儿，在我生命每个角落静静为我开着”，这句歌词总是让我浮想联翩。

最近偶然读到很多人怀旧的文章，那些已到中年甚至已经走过中年的男人，无一例外地在对往事的回顾中想到了一些女孩，那是他们回忆中的一点光焰，是值得他们用沧桑之笔记录下来的岁月的芬芳。他们都在说，那也许是初恋，也许什么都不是，可是那些女孩的确是馥郁了他们青春岁月的曼妙的花朵。那些花朵在朝晖里、在夕阳下，托着浮尘也擎着露珠。

这几年，眼看着青春的尾巴从手中一点点滑脱的我也陆续见过一些小时候的玩伴。那些已经少了头发、添了皱纹、有了肚腩的男生在谈话时总是不约而同地使用同样的开头方式，他们不是说“你现在”如何，就是说“你那个时候”如何。我不喜欢他们说现在的我如何灵动而大气，如何风韵而美丽，如何有他们意想不到的所谓人生的成功，我更喜欢听他们说“你那个时候”。

他们口中的那个时候的我，有许多是我自己都已不记得的模样，但他们记得。他们记下了我的活泼、我的可爱、我的青春的光彩，还有我骑着自行车经过，然后四脚朝天摔倒在水泥路面上的糗事。也有人开着玩笑说，那时候很喜欢你啊，可是你看都不看我一眼。他们说的那些事有我当时就知道的，也有后来过了好几年甚至十几二十年才知道的。从他们纯净无瑕的陈述中，我知道：那时，在懵懂的少年时代的风雾里，我也曾是一些人的花朵，曾经在不经意中芬芳和照亮了他们的世界，甚至成为他们成长的动力，让他们有了今天成功的事业和温暖的爱人、幸福的家。

但至少有一件事，我是早就知道的。

一个男同学，他给过我确切的书信，那些不乏少年忐忑却襟怀坦荡的文字让我知道我是他那一时刻的花朵。虽然我谢绝了他的爱恋，可是我们都知道，那曾经被他深埋了四年的光阴里，这朵小花已经镌刻在岁月深处再也无法拔除了，更因为从未牵手，花朵才会永远绚丽。如果我们在一起，他可能还是今天的他，有成功、有辉煌、有地位，可是我却无论如何都不会是今天的我——我是时光和

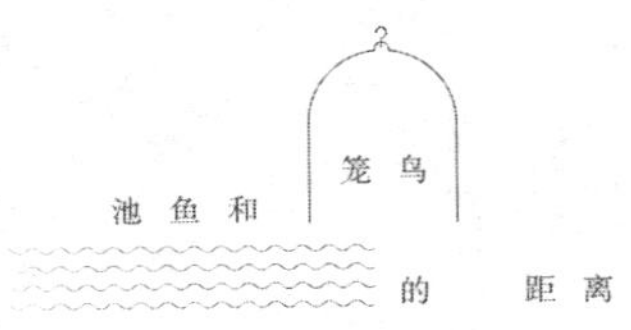

爱人联手打造的成品。二十年后，我也曾很坦率地告诉他说：“当年，那是一份彼此的欣赏，只是我不想品尝爱的滋味。”听到这迟来的答案，他心头泛起的怕会是一番甜苦相杂的况味。

当然，我也沮丧。因为当年迟钝到从未领悟任何人的好感，我便也从没有为任何一个男孩子的眼神而努力要求自己变得更加美好。如果我曾经在意，也许我会比今天完美得多。但我也庆幸，一个曾经那么不相信爱情的自己却在二十岁刚刚出头的时候就误打误撞地走进了婚姻，然后和这个相识了近三十年的男人携手走过了二十几年的婚姻。从前，他从不肯在人前与我亲昵；如今，走在路上，他会很自然地理顺我的长发，牵起我的手。当然，我完全有理由相信：在我之前，他的心中也曾有过美丽的花朵。

还是同学相聚时，一个当年比我更不起眼的女孩一次又一次地羞红了脸。她说，她没想到，居然还会有人喜欢那时的自己。是啊，是啊，再不自恋的女孩，也一定都曾是谁心中的花朵，并且永远开在他年少的时光里，并且会成为他心中最恒久的美丽。

当你满脸皱纹坐在公园的长椅上背倚一株老树眯眼看夕阳的时候，当你为匆匆的岁月生出诸多感慨的时候，想一想自己走过的人生长路，当你看到一个少年用他躲躲闪闪的眼神追逐一位毫无察觉的普通少女的时候，你就会明白：每一个曾经身为女孩的人，一定都曾是某位少年心中永开不败的花朵！

那么，亲爱的姑娘，你曾是谁心中的花朵？有没有因为那一簇眼神的浇灌而变得更加美丽？

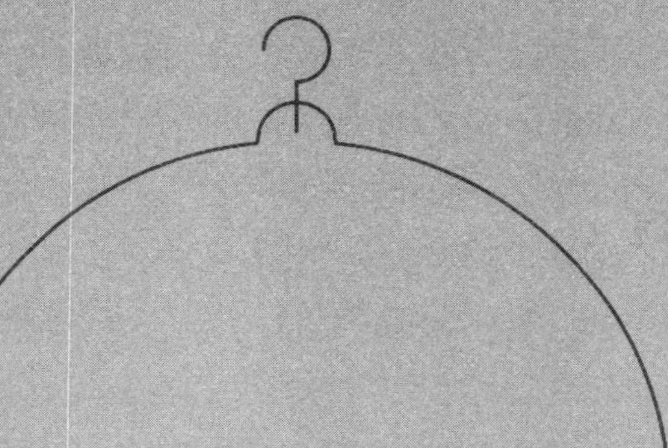

第 六 辑

屐痕点点，在江山皱褶里踏莎而行

万卷书，在案头；万里路，在远方。河山壮阔，有风疾天高；檐宇静谧，有月朗风清。走走，停停，看看，想想，去未曾去之地，看未曾看之景，无畏崎岖、坎坷与疲惫。暂停舟车，回想芳润，谁不叹江山如此多娇。

车过呼兰河

车行途中，黄绿相间的树林仿佛我此刻斑驳的心情。一切的喜与忧、是与非都交错在一起，就如同秋天既是美满与收获的象征，又是凄凉与萧瑟的代名词。

一辆又一辆车从我们的身边和对面开过去，只划过倏然而逝的身影，是真正的陌路人。更多的时候，空阔的高速路上只有我们，看着时起时伏的路面和不断延展的白线，我们在马达的伴奏中前行，继续前行。

车过呼兰河大桥，似乎只是一瞬，心头却蓦然生出深深的叹息。脚下的这条河只是北方一条普通的河流，但在太多人的头脑中它似乎应该是属于萧红的河，没有谁也不会再有谁能像她一样牢牢地握住这条河的所有权。萧红与呼兰河这两个名词无法等同，但其间的联系却有着血脉般割不断的万缕千丝，一个人、一部书和一条河就这样被冥冥中的宿命紧紧地拴在了一起。

呼兰河永远是萧红的呼兰河，千百年后仍将流淌着她的喜、她的泪、她的从不曾丝毫变更的故土之恋。可她不认识我刚刚走过的这座 525 米长的桥，钢筋混凝土的冰冷与她的时代遥不可及。她见过的跨在呼兰河两岸上的桥，一定不是这般的高耸伟岸顾盼自雄，相反，那些石材与木料的天然纹理早在自然和平易中标识了一种历史的走向。这一切都让萧红无法想象我们眼见的喧嚣与嘈杂，她的呼兰河是诗、是梦，是静谧中带的一点荒凉与温暖。她的诗是一首舒缓的抒情诗，她的梦也一定是一个关于田园的有花有果的梦。

秋日的呼兰河已渐成两湾瘦水，不再是想象中的丰腴秀美。瘦水中间是一片裸露的河洲，苍黄相间的底子上间或还有一丝老迈的绿意点缀其间，让人不由地心生彷徨，为一种说不出的怅惘。这里没有鹦鹉洲的芳草萋萋、晴川历历，有的只是一片难以诉诸纸笔的叹惋与伤怀。

车过呼兰河，把一个城市抛在脑后。将一种心情小心地捡拾、收藏时，我突然心生惭愧——我也算是一个生活在这条河边上的人，可我竟不知道它从哪里来。真的，它会从哪儿来呢？凝寒彻骨却又温煦和缓的三江源给了我们三个不同走向的涓涓细流，巍峨的雪山、纯净的雪水，不绝如缕的汇聚与奔走，又渐渐流入自己赤诚的血脉，终于有了声势浩大的江流，有了母亲河五千年无私的灌溉。可是，呼兰河，你，你究竟从哪儿来？

在地图上，我只能看见一张纸、一条线。要寻找你，我就必得如蓬头跣足的先民，一步步丈量你的来路。有沙地吗？有草滩吗？有嶙峋的划得破脚底的岩石吗？不去走一遍你来的路，我们又怎敢说找到了你，认识了你？

呼兰河，你的名字过于朴实，让人生不出任何瑰丽的想象，联想的翅膀也只能停顿在平静的空气之中，像一粒琥珀，在瞬间中凝固，直至静止成永恒。

其实，我又何必如此固执，非要知道你从哪里来呢？你自有你的来处，你也自有你的去处，在你的来去之间，我们享有过你的甘甜、你的苦涩，我们目睹过你的汤汤之势，也亲见过你的枯竭干涸，这不就够了吗？我们喝过你的水，我们吃下的稻麦也喝过你的水，你已在不知不觉中进入了我们的血液，成了我们的一部分。我们不早已合二为一了吗？

在这个秋日的云层遮住了太阳的早晨，我乘车从你的上方经过，不忍心震荡的车轮碾过你静谧的梦。可你仍在不动声色地流淌，用你的宽容与无言告诉我太多的真谛，我的灵魂在那一刻的顿悟后变得轻盈而透明……

风雨过林梢

当我和艾苓一路辗转抵达五营国家森林公园时，已经接近傍晚，服务员带我们去了早已订好的森林木屋。

木屋就在这片全国规模最大、保存最完整的红松林里，有独立成座的，也有三间联排的，连房顶铺的都是真正的茅草。让艾苓记挂了十个月的小房子里里外外都是实木：木墙、木窗、木地板、木桌、木椅、木头床。木屋坐落在森林深处，前前后后都是高大的红松，间或还有一些同样粗壮的冷杉向人们昭示着生命的力量。我们住的那一间，房前有一棵细瘦的枫树，屋后还有一棵同样细瘦的枫树，它们和那些美丽的白桦一样，是红松故乡次生的树种，却展现着另一种纤弱雅致的美。只是我们来的季节不对，不然眼中的风景定会增添另外一抹浓艳的色彩。

先果腹还是先养眼？我和艾苓不约而同地选择了后者。

因为人类的介入，森林里已经有了很多修好的路，有可以行车的柏油马路，也有仅能供行人上下的石阶和栈道。走在那些早有人开好的路上，我见不到草木琳琅、野兽出没的原始景观，无法切实感受先人的生活，但那些与我近在咫尺的树木仍旧能够带来从未有过的心灵震撼。

我在别处从没见过如此众多的红松，它们因树干泛出古朴的红色而得名，它们的色彩让一些游客情不自禁地感叹“像是刷了漆一样”。穿行林中，在我途经的路上，树龄一百年、三百年、五百年的标牌随处可见。那些生长速度极慢如今却令双人也难以合抱的树木笔直地挺立在那里，让我不能想象这些年岁苍老却又生机勃勃的生命曾经经历过怎样的磨难，又曾经目睹过多少惨烈的自然变迁。

在一株风灾过后被连根拔起后倒伏在地上的大树边，我久久地停留。它被称作“红松王”，有六百多年的树龄，曾经直插云霄的树干如今只能匍匐在地面上，一直延展到六十几米的远处，而十分发达的直径超过三米的巨大的根系也裸露在人们的面前，似乎在诉说着它的不甘与无奈。在那场百年不遇的风灾来临的时候，这棵红松王毫无征兆地倒下了——这或许缘自它的老迈，也或许缘自“木秀于林风必摧之”的古训，而它傲视一切所记下的故事也只能和它一样默默地沉睡在这里。

林中人工树起的“观涛塔”平时用于讯号传输和防火瞭望，也供游人攀爬观光。从仅容二人错肩上下的台阶登上46米高的螺旋铁塔，塔尖带着我们在高处的风中轻轻地摇晃，我的心里不由地生出一丝恐惧。但站上塔顶的时候，绵绵群山跃入眼帘，茫茫苍翠尽收眼底，在莽莽苍苍的绿树环绕中我终于真切地感受到什么叫作“兴安林海”，也突然意识到眼中起伏的松涛的确是值得一观的，耳畔呼啸的松涛也的确是值得一听的。

人在塔顶，地势又高，那些我们站在地面时怎么都望不到尖梢的红松已经可以被我们俯瞰了，松树的尖顶上是一簇簇还未成熟的松塔。在遥远的从前，它们只是松鼠的食粮，如今却成了我们眼中的风景。我们在林中路上曾不止一次地遇到松鼠，因为它们的身形都不是很大，我和艾苓戏称它们是“幼年的松鼠”“童年的松鼠”“少年的松鼠”和“青年的松鼠”。松鼠都不十分怕人，但相距很近时总是它们首先逃掉，我们不禁感叹自己擅闯了人家的家园。而且，我们还很过分地想在它的家园里寻求一夜清幽的安眠。

夜里，艾苓醒来，轻悄悄地喊我说：“我想出去一下！”我坐起来，披上长衣说：“我也去！”其实我们一睁眼就都察觉了，窗外是一片银亮亮的世界，虽然隔着窗帘却还是白花花地耀人眼目。我们都疑心那是月光，可是出去了才发现，天还阴着，照亮我们的是木屋外面木板栈桥边上一排仅有一米多高的路灯，玻璃灯罩里闪着日光灯泡的光和热。虽然不是想象中的月光，但我们还是在这皎

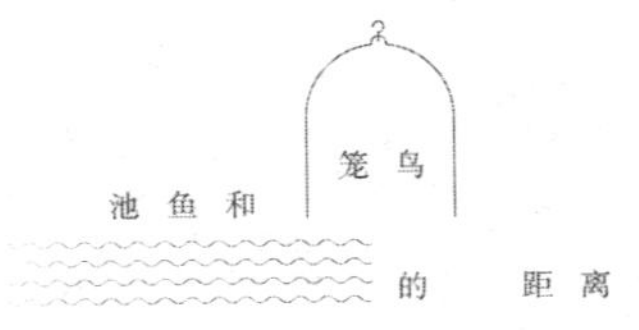

白的光影里站定，好好地感受了一下森林夜中微凉而湿润的空气。

那会儿我忽然想起《红楼梦》。有一次，夜里麝月起来伏侍宝玉吃茶，然后就对宝玉和晴雯说："你们两个别睡，说着话儿，我出去走走回来。"然后，麝月便开了后房门，"揭起毡帘一看，果然好月色"。晴雯随后出来，看见的也是"月光如水"。这两个人眼中所见的诗意情怀，怕也是如我俩一般吧，虽然我们这里没有真正的月色，但总是月在心头。

过了一会儿，艾苓忽然说："你感觉到了吗？"我笑说："感觉到了！"这是我们早些时候就盼着的雨，我们说这样浪漫的木屋之夜不可以没有雨。这时的雨其实也算不得是雨，它比水气更像水气，比疏落更加疏落，虽然要隔上好几秒钟才会有一滴，带给我们的却仍旧是异常的欣喜。想想这到底还是气息凉薄的夜里，想想晴雯就是因为受寒才落下了病根儿，我对艾苓说："回去吧！"

艾苓是惯于早起的人，我则喜欢多睡一会儿。清晨时分，我听到艾苓小心翼翼关门的声音，我知道她出去散步了，但我还是翻身睡去。本以为自己就要辜负这大好晨光，但半梦半醒之间，我忽然听到窗外传来十分细小的声音，想了一会儿，我才明白：我们盼着的雨真的来了！

雨水从天而降，穿过原始针叶林细密的叶子织就的大网，一点一点地漏到我的窗前，落在草叶上，是轻轻地抚摩，是细细的滋养，更是暗暗的润泽！就是因为有了树木的阻碍，雨水好像是很艰难地才来到我的眼前的。它给我的感觉是先落在土地上润物无声，又缓缓落在青草的叶间，然后才肯在树木的枝叶上稍作停留，这样零星却不凌乱的节奏之后，它才奉上我们惯常听到的成片的雨声。没一会儿，艾苓回来了，她说雨并不大，她本来想在外面多待一会儿，但她也想感受一下木屋听雨的独特韵致。艾苓坐在前窗的椅子上，我倚在后窗的床头，我们各自静静地听雨。

这里缺少“小楼一夜听春雨，深巷明朝卖杏花”的清雅滋味，但夏日的清晨，在原始森林的怀抱里，我闭起眼睛，用心灵倾听雨声。在无边无际不疾不徐的天籁之音里，我忽然想到我们的祖先就是手执火把从这样茂密的森林里走出来的，想到上古的神明就是从这样的枝缠叶绕中生发出来的，想到许多美丽的爱情故事就是从这样的枝繁叶茂中流淌出来的……我不禁在一份无以言传的古典情致中感动于自己的感动，直至泪洒襟怀。

前一天，目睹了森林中太多的断枝倒木之后，我蓦然有了一种悲天悯人的痛感。可是当我走到水边，看到天赐湖这映射着人们最朴素向往和喜悦的湖水正在夕阳之下为我们展现着波平如镜的美，而对面山岭上树木的倒影清晰地印在湖面上时，一颗心很自然地就宁静下来。天赐湖的源头叫响水溪，缘溪而行时我不禁钦佩起那个为溪流命名的人，这名字自然、质朴，却又那样地名副其实。响水溪清脆的水流声不是用潺潺或是叮咚或是哗啦啦就可以概括和表现的，民乐著名曲目《小河淌水》的音效大约也只能作为参考。

水是万物生命之源，溪水、湖水和雨水都是。战国楚简上说“太一生水”，就是说宇宙万物之中最早产生的应该是水；《老子》说“上善若水”，是因为水有“善利万物而不争”的柔和特性。山里人告诉我们说，山有多高水就有多高。这真是神奇的事情。我们常说水往低处流，可是那些最终流向低处的水竟然都是发源于高处！没有脚的它们是怎么上去的呢？女儿极年幼时曾自作聪明地解释“山水”一词说：“山水就是从山里流出来的水。”这虽是典型的误读，却也是对“山”与“水”内在的关联的一种个性化的解读。而山里的水在成就它自己的同时，也成就了山，成就了山上的树木，成就了人类以森林为标志的物质和精神的家园。

古语常云“仁者乐山，智者乐水”，那山当指伟岸嵯峨的高山，那水当指波澜壮阔的大泽。但在我所见的原始森林的世界里，所有的树木都怀着生命的意味长在海拔并不很高却广袤蜿蜒的小兴安岭上，那些缓缓流淌的唱着欢快歌儿的小溪竭尽所能却并不吃力地养育和陪伴着它们。或许就是因为有了森林的介入，我们这里的山与水才能够真正地达到自然浑融的境界吧！

文庙谒雪

落第一场雪的时候，我便惦着文庙蠢蠢欲动。

哈尔滨文庙规模仅次于曲阜孔庙、北京文庙列，是居全国第三位的文庙。作为仿清宫殿式建筑，文庙素有“哈尔滨的故宫”之称。想想啊，大块而庄重肃穆的红墙和黄色琉璃瓦铺就的屋顶，以及绿琉璃冰盘檐、绿地绘黄琉璃旋子彩画，还有以蓝金为主色调的和玺彩绘——红、黄、绿、蓝、金，这些明艳的色彩在白雪的映衬下会带给人怎样的惊喜？雪中的故宫有多美，雪中的文庙就一定会有多美。

因为一向畏寒，我从不曾一睹文庙的冬日风采。此番，却终于打定主意，寻个晴朗的午后开始了这一程小心翼翼地探访。

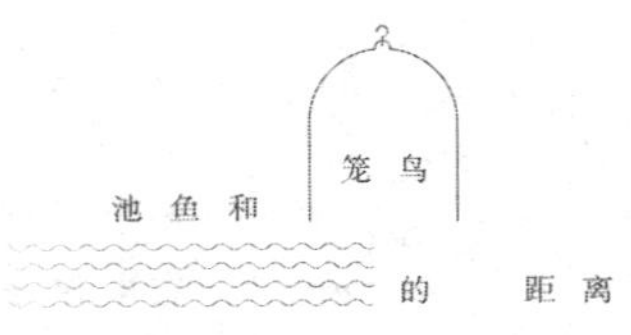

进哈尔滨工程大学南侧门，在并不为人熟知的文庙街上一路东行，我努力压抑着自己多年的憧憬与期待。只几分钟后，就有覆着薄雪的闪亮的明黄殿顶和一带隐隐的红墙毫不羞涩地撞进我的视野。红墙之外，翠叶落尽的榆柳疏枝纵横尽显风韵遒然。只一瞥，我便觉得自己已神思遄飞，遁离了车水马龙的都市。

文庙就是孔庙，是供奉和祭祀孔子的地方，许多大大小小的城市都有。南京的夫子庙因为闻名遐迩的“小吃”二字多了太多的烟火气息，曲阜孔庙则成了以朝圣之名招徕游客的景点，几乎全然失了文化的面目。至于我也去过的姑苏旧城，始建于宋代范仲淹的手中的那处著名学宫，更是早已无奈地和嘈杂的古玩市场沦为一体。相较之下，我们的文庙虽然只有不足九十年的历史，显得过于年轻稚嫩，却有我大爱的清雅幽静。而我也曾刻意携了竖版繁体的书卷，在浓密的树荫下装模作样地读过几页。

文庙的建筑习惯是要在当地出了状元之后推倒照壁修建正门，可是哈尔滨的文庙在科举被废之后才动工，永远也出不了状元。所以这座文庙没有正门，所有怀抱虔敬与非虔敬之心的访客与游人也都只能从侧门进入。

进文庙首先经过的是礼门，它正对的是仪门，两处的彩绘门楣上分别书有“德配天地”和“道冠古今”四字。两门之间，文庙中轴线上先是有“万仞宫墙”之美誉的红色照壁，照壁正对的是泮池和泮桥。“泮”就是古代学宫前的水池，所以古代入学也叫“入泮”，

《诗经·泮水》吟诵的就是鲁国建造学宫的事情。泮池前方有一个花岗岩鳌头，上面的彩绘已显破碎斑驳。不过不是游人不文明，这鳌头就是给人踩的，以取“独占鳌头”之美意。入冬已有些时日，泮池早就结了冰，泮桥上的雪也未尽扫，就那么厚厚地积着倒是更见自然古朴，很有些雅意在里边。

再向前，棂星门后是高大的孔子行教像，下方石座上刻有“周游列国图”和“杏坛讲学图”。这是孔子一生最重要的形象，前者是政治诗人，后者是敦厚尊长。和春夏一样，冬日的孔子仍是傲然立着，以如炬目光洞见世态，头上、肩上、脚下尚有余雪。所以不说“残雪”，是因为雪色未被点染依旧洁白。这应当是孔子一生中从未真正感受过的雪。无论是齐鲁还是郑卫，即使有雪，有雪飞迷蒙双眼打湿衣衫，有雪阻车声辚辚牛铃叮当，也会很快融尽现出眼前的路来。这很像是一种隐喻，说在政事颠扑里总不得志的孔子最终寻得大道，在编定六经和传道授业之中迸发出最大的光芒并由此得到永生。

拜孔子当然要进大成殿。可是因为冬天没法取暖的缘故，大成殿的朱门紧闭着。阳光斜照下来，打在金色门钉和有雪的汉白玉石栏上，虽非崇光泛彩却有暖意融融。大成殿内供奉的孔子和配祀的孔门十二哲都被掩在朱门和雪色之后，殿内的庄严与盛况都要靠自己的想象才能完成。但圣人的光辉永远不会被遮蔽在历史的风烟之中，只因为思想永恒、文化永恒。

文庙是“学庙合一”的所在，也就是说它既是学校又是礼奉和祭祀“至圣先师”孔子的地方。但哈尔滨的文庙建得晚，应该没有真正住过学子。它最初的规模仅次于曲阜和北京的两座，但如果仅就大成殿而言，它又以 11 开间的格局超越了前两者的 9 开间结构，堪称文庙建造史上的一大创举。我们这间全国最大的大成殿就这样年复一年，静静看着一场又一场的雪飘落檐前。作为文庙的特定组成，大成殿后面还有一间崇圣祠，主祭孔子父亲叔梁纥。其实孔子是遗腹子，父亲只给了他血缘和生命，母亲教育才是他成长的关键。但男权通常就是这么霸道。

古雅的文庙从来少不下绿意的陪伴。在曲阜，我第一次见到《诗经》中屡屡提到的“其叶沃若”的桑树，那遍地而生的树种不但养育了中国的丝织业，也养育了无数桑间濮上的爱情。而那株子贡亲手所植之楷树，虽遭雷击只余枯干，却见证了两千多年前那段史无前例为老师守墓六年的弟子深情。我们的文庙中最多的树木则是松柏，大些的当有百年树龄。孔子曾说“岁寒，然后知松柏之后凋也”，不知文庙是取此譬喻，还是仅仅因为松柏森森最为适应这里的物候。但我知道，风过处树尖的清雪落入后颈会留下沁凉的寒意，转头时，恰见一只白腹黑羽的喜鹊轻盈落地又翩然飞起。

相传孔子曾于杏林设座讲学，“杏坛”一词遂成美誉，文庙也在泮桥一侧植杏一株。只是那杏树极弱，看上去也很是孤单，让人不由得心生怜惜。饶是如此，每到这里我仍无端地觉得自己离孔子更近一些。“天不生仲尼，万古如长夜”，这话说得多好！就其出处，宋代的朱熹说“唐子西尝于一邮亭梁间见此语”。唐子西是宋代眉山人，略早于朱熹数十年，素有“小东坡”之称，《四库全书》还有《唐子西集》。唐子西则说此句“不知何人诗也”，但这位佚名诗人当真睿智，似在不经意间便道出了人人皆不以为谬的真理。那么，照彻长夜的孔子是什么呢？是煌煌白日还是皎皎明月？或者也可能就是一地莹洁的雪色吧！

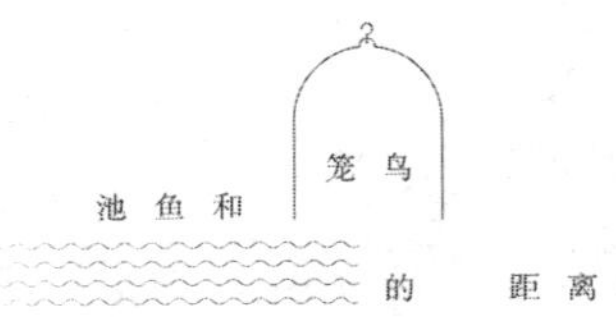

媚态观音

蜀地。

大足。

北山。

低纬度树木青翠的秋天。

我来瞻仰一千多年前匠人们留下的石刻。

一刀，一刀，一刀，在公元 9 世纪到公元 13 世纪的唐宋时期，在这段相当漫长的岁月里，大足北山的幽谷里就这样回荡着叮叮当当此起彼伏的金石之声吧！一刀，一刀，一刀，那些裸露在阳光雷电雾霭之中的岩石，就是那样一点点地显现出硬朗的轮廓，流泻出柔美的线条，呈献出圆润的面庞吧！

石匠们的斧凿之功，使大足成为和龙门齐名的石刻圣地，更使我脚下的北山成为整个大足的骄傲！

千年的风吹日晒，千年的霜侵雨淋，大足的摩崖石刻在岁月的剥蚀中经受着从未变更的考验，可是，那些质地坚硬却又柔和细腻的美还是留在了我们的面前。那一座座庄严肃穆的立像坐像，那一尊尊本色或彩绘的人神之姿，那一顶顶雕镂精美的菩萨的花冠，那一道道如水拂过的衣褶，甚至他们眉间的一缕忧愁、唇边的一抹笑意，都是千年前盛世与乱世的剪影定格。它们不是悬崖上展览千年自然天成以故事附会等人垂怜的神女峰，它们是悬崖上凝固的呼号与咏叹，是出自巧匠之心、成于巧匠之手一段永恒的人文之美！

当我慕名赶来的时候，北山石刻的外侧已经修了回廊，有了青砖灰瓦，有了红漆梁柱。这是为保护文物而不得已采取的措施，起于20世纪50年代，大足的石刻们从那个时候起有了遮风挡雨的屋檐。可是，这毕竟才只有几十年的光景，那过往的千年，它们默默地伫立着、思考着、承受着，那些石像早已冷眼看过蜀中风云变幻、地动山摇的变迁！它们的眼中落入了多少沧桑与变革？它们的胸中蕴含着多少识见与方略？它们的腹中又沉潜着多少苦涩与隐衷？它们只怕早已成了大足绵软而深邃的精魂！

不大的北山因为石刻而让人有了美不胜收的感觉，它耸立在游人一年四季从未间断的赞美之中。北山是那样地让人赞叹、流连，让人不愿见日色迟迟，却忍不住要行步迟迟。可是，对我来说，只要有那尊媚态观音，一切就都已经足够了！

一直认为，自己是不懂艺术的。可是不知为什么，站在媚态观音的面前，我只是稍稍地驻足、稍稍地凝神，然后，突然地就有了泪水！一任它软软地沾湿了睫毛，又糯糯地滑过了面颊，不想擦拭。

观音差不多是中国最为著名的佛教人物，或者宝相庄严，或者慈眉善目。大足北山的石刻也属佛教造像，观音和各类菩萨遍布崖间。可是，似乎很难想象，有一尊观音会被命名以“媚态”二字！媚是一种美，不是凌利犀利的美，而是娇弱柔软的美。不是有一个词叫作“软媚入骨”的嘛，那是属于女性的阴柔的美，而且它应该是出离于宗教之外的、俗家的美。

媚态观音头戴花冠赤足立于莲台之上，两条裸露着的前臂雪藕似的轻搭在腰腹之间，右手自然放松轻拈一串数珠，左手轻握右手的手腕，腰线没有刻意地收出，却借助身体两侧凌风飞舞的飘带以盛唐“吴带当风”的美感展现出了她的婀娜之姿。媚态观音不是笑颜如花的女子，她脸上的笑容是那样地神秘而不可测知，所以有人说她是东方的蒙娜丽莎。

我就是在这样一尊南宋石刻前潸然泪下的。

那一天，大足的北山，我不是一个人去的。如果是一个人，我想我势必会如一个受尽委屈的孩子般抽泣、号啕，甚至会蹲坐在她的脚下耍赖，用蓦然的心动与滂沱的泪水与她纵情对话。

那天，同去的是一群人，一群学者，他们是教授、博士，他们有着谨严的治学风范和一丝不苟的治学态度，身上有着冷静、理性的标签。在这样的人群中，我必得谨守着我和他们一样的身份，安静、优雅，不能露出太多的破绽，让自己更像一个与文学为伍的人。我向往魏晋风度，可是我仍旧没有勇气大胆地坦露我自己，让他们觉得我是一个异类。不是说那样的一些人就一定不懂感情，他们应该比我更懂艺术，可是没有人像我一样如此感性，如此失态，如此手足无措，在一个有着宗教化身的美女的面前。

人们常言观音有三十三种化身，或云有万千种化身，这化身就是佛家所说的“相”。“相由心生。”我不信仰宗教，却总愿意相信它有着绵绵不绝的源泉，更相信它脉脉的行走有着净化人心的神力。

如果我是一个男人，如果我同样被这种摄魂夺魄的美所震撼，也许我会怀疑自己是否真的有一颗虔敬的心。但所幸，我是一个女人，在化为女相的观音面前为她的美所倾倒，倾倒到蓦然发现了心底的那一眼甘泉！

在这个秋天的大足，秋天的北山，我与学者同来，却跌入时光的长河，落入艺术的深渊，在媚态观音那神秘的微笑中灵魂失守，能够向她表白心迹的只有一滴又一滴莹洁的泪水。它让我有理由相信，我在似懂非懂之间读懂了她教化的力量。

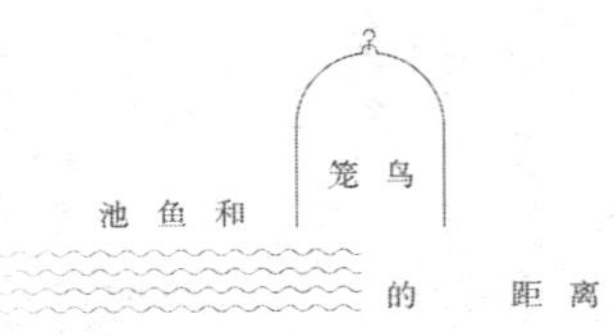

松花湖幽思

我是在一个细雨轻飘的日子乘船漫游松花湖的。那一天，湖水凝碧涛如玉屑，面对着滚滚湖水，极目旷远，让人不由得便面对盛景，生百代之思绪，发千古之幽情。

走在湖上，抬眼望去，只看见层层叠叠的山、层层叠叠的绿，光的明暗与绿的浓淡有着言语说不出的自然与和谐。陡峭少土的山壁上也有顽强的小树萌出生命的绿意，稀疏却又闪着错落的美，在人的眼中便是绿树与苍岩相映成人世的沧桑和壮美。不是吗，这不是无奈的附着，而是有意地攀升，为的是让生命扎根，让梦想成真。视野间偶然闪现的彩色的小房子，又为眼前的山与水增添了几分现代气息。

一处苍翠的山凹间有异峰突起，像古代将军的点将台。将军已去千年，兵士也早已成灰，但千年不变的古木与青天碧水将为一切忠魂作证。这里曾有过的战事与辉煌，这里曾有过的忠贞与坚定，都会由这丛林的每一片叶子诉说给你听——*沙沙沙沙*，是它们的感叹与追怀；*沙沙沙沙*，是它们的赞佩与遐思。

抬头再仰望，云如轻纱、云如蝉翼，轻纱掩着如泣如诉的心境，蝉翼拨着似歌似泪的情怀。天空蒙着一层淡淡的石榴灰，不期然的冷雨偶有几点会轻轻地落到游人的身上心头。滴几点香汗燃了俗人的欲，那是美人舞；洒几滴清泪醉了俗人的心，那是美人悲。

此刻悠游，云淡雨疏，湖心日冷，举头不见日，低头身犹暖，比起烈日骄阳来自是一种别样的风情。但倘是月白风轻之夜，就该更是别有一番滋味在心头了。无论何时何境，只需闭了眼，耳边便只有细碎的涛声浅吟低诉，说些只有有心人才能懂的喃喃情话。沉醉得够了，心也变得轻柔，再睁眼，那沉香玉屑早不是怒溅的飞沫，而成了精巧匠人手中倾注的情感的轻波和迸出的一点艺术之灵感了。

香港的浅水湾，萧红与她的半部红楼无不浸满了水的灵性。在江南、在塞北，在此岸与彼岸之间，在长江之头与长江之尾，水都是人的安身立命之本，也都充满了动感和灵性。在这世上的大多数地方，山与水都是相依而生的，且让柔情与傲骨并存。有水处即有凹陷的精致与深情，就是身边无山也必然会有矗立、会有高耸，这或许就是山与水的辩证。松花湖，你是一个让我浮想联翩的精灵。

八里台

著名剧作家曹禺先生曾说过“知中国者必知天津，知天津者必知八里台”。当然，他这两句话其实是为后面一句张本——“知八里台者必知南开”。

据说八里台之所以得名，是因为此处离天津老城的中心，也就是鼓楼，有八里的距离，而且是一片水塘之中的高地，所以叫“台”。如今的这里早已不见水塘，但有人依据这一说法找来地图进行实测，然后说“果真是八里”。而南开大学正门的公交车站明明白白就叫“八里台”。

南开大学是中国现代教育史上的辉煌一笔，除了它起于 1919 年的悠久历史，还有它曾经的由长沙而西迁昆明的特殊经历。“西南联大”的名字将清华、北大和南开三所学校永远地联结在了一起，是这三所学校在抗战期间的共同进退保全了中国文化和学术的重要命脉。如今南开校园里矗立的由冯友兰撰文、闻一多篆额、罗庸书丹的“西南联大纪念碑”就是那一段历史的见证。同样的纪念碑，在清华、北大和西南师范大学的校园里都有。

见证历史的除了纪念碑还有马蹄湖。南开大学初建时，校园里本有南北对称的两个马蹄湖，但南马蹄湖毁于1937年的日军轰炸，同时被夷为平地的还有湖畔的秀山堂。其故址上现今是一所每日童声咿呀的幼儿园，有未来和希望在蓬勃生长。有幸保留下来的北马蹄湖每到暑日便呈现出一片“莲叶何田田”的盛景，然后便是粉霞映天、荷香细细。我来的时候，荷花已谢芳华，只有莲蓬高举翠碧，远还没到“留得枯荷听雨声”的节令。但我总觉得这以花叶喧嚣夺人眼目的荷塘，其实更像是一种沉默的诉说。所有的言语，只说给懂它的人。

我是学中文的，到了南开当然要寻找和瞻仰它的中文系。南开大学中文系位于主楼侧后方的范孙楼。站在范孙楼前，望着严范孙先生的雕像，我沉吟良久。“范孙”者，严修严范孙也，南开大学的实际创办人。他曾为光绪年间的翰林，任过学部侍郎，为“教育救国”计，与挚友张伯苓一同创办了南开大学，被称为“南开校父”。

漫步南开校园，叶嘉莹先生主持的中华古典文化研究所是由服膺南开精神和叶先生的海外朋友捐建的，东方艺术大楼是南开校友范曾先生以一己之力举办画展筹得钱款兴建的，伯苓楼、省身楼这样看似普通的建筑物背后是南开大学首任校长张伯苓和毕业于南开大学的杰出数学家陈省身响当当的名字。南开校友周恩来总理的雕像和他的手书“我是爱南开的”，当然更以另一种温度让人过目难忘。曹禺也是南开的学生，他在南开中学毕业后升入南开大学，虽然后来转去清华完成学业，但他给南开的题词仍是恭谨而周正的落款“南开学生曹禺”。曾有人评论说，没有南开的话剧社，就没有后来的剧作家曹禺。让我惊奇的是，一方沃土，竟然开满奇花。

进南开我走的是南门，首先瞻仰总理像；出南开我走的是东门，怀抱马蹄湖的别样风光。东门外跨度不大的拱桥下就是卫津路所以得名的那道静水——卫津河。卫津河的碧水垂柳颇带几分江南情致，让人时时流连，我便一路信步向北。只三五分钟，却忽然又见一座玉白的大门。诧然定神，撞到眼前的竟是“天津大学”四个字！我不禁连连摇头、哑然失笑：我怎么竟然忘记了这两所学校数十年的比邻而居！

天大门前的汉白玉拱桥上骄傲地镌着自己的校徽，醒目的“1895”让人不得不叹服它领异标新的深厚积淀。天大的前身是北洋大学，北洋大学就是历史书上赫赫有名的“北洋大学堂”，是中国第一所现代意义上的高等学府，“1895”是它的建校年份。

想从南开进入天大其实不必如此大费周章——天大有一座楼叫“天南楼”，南开有一座楼叫“南天楼”。事实上它们是由两所学校共同建造的同一座楼，中间用以贯通的大门同样有两个名字“天南门”和“南天门”。

天大建校 120 周年的时候，许多学校都在微博上向天大发来生辰祝贺，天大代言人“小天”的回复几乎都是感谢祝福：“友谊长存”。但到了略迟发声的南开这儿，他还是小小地调皮了一下，回复变成了：“终于等到你，携手同行！”天大与南开，早是它们自己和世人眼中不可拆分的一对温情 CP。

天大校园最大的特色是水多，除了大面积的湖水还有许多规模不一的喷泉，很美，很抒情。这种设计也很容易让人想起曾经的北洋水师，想起致远舰文物的重新出水和致远舰上那些并未走远的英魂，以及属于整个 20 世纪中国的历史云烟。

从天大出来，看了公交站牌才知道，我在不知不觉间已经走到七里台了。

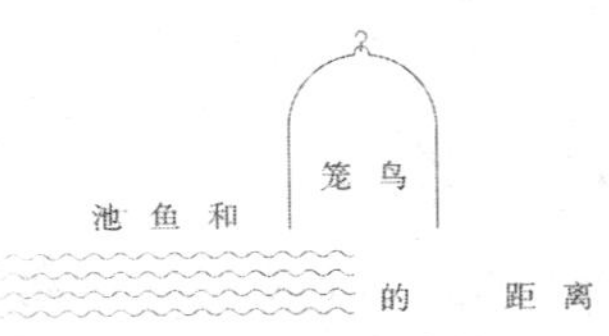

蹈海行

凌波蹈海，我只为一人而来。

这个人，曾经缠绵于峨眉的云雾，曾经沉醉于岷江的浪涛。父亲远游的日子里，他和弟弟一起接受母亲的庭前训导，并立志要做东汉范滂那样正气凛然、勇不畏死的人。

弱冠之年，他耀眼的人生从蜀地出发。乡试、会试、殿试，他没有连中三元的佳绩，也与状元、榜眼、探花无缘，科举的榜单上他只中了第二等进士。当然这里面也有故事：主考官欧阳修发现试卷甚合己意，误以为出于自己的得意门生曾巩之手，于是避嫌降等。后来欧阳修坦言，见到他的文章“不觉汗出”，并对朋友说：“吾当避此人出一头地。”

后来，这个人又参加了制科考试。宋代共取进士4万多名，但成功通过制科的只有区区41人。制科共设五个等级，一二等是虚设的，最高等级便是三等。而有宋三百余年，三等也只取过两个人，一个是世家出身后任宰相的吴育，另一个就是他！

《宋史》记载，时任皇帝宋仁宗读罢他和弟弟的制策立时喜不自禁地说道："朕今日为子孙得两宰相矣。"小他一岁的弟弟后来一度官至尚书右丞、门下侍郎，位同副相，也算是应了皇帝的预言。可是他就没有那么幸运，也许恰是因为这份不幸运，"苏轼"才成为我们心上绚丽璀璨的名字。

我从中国大陆最北方的省会一路南下，飞广州，转湛江，趋徐闻，再倒车前往徐闻的海安港。徐闻是东亚大陆的最南端，再向前就是琼州海峡，对岸就是苏轼人生的最后一处贬所——宋代的儋州，今天的海南。如此大费周章放弃直飞，只是因为我执意要走一遭苏轼曾走过的那段海路。

我乘坐的紫荆花2号渡船有着汽轮机的轰鸣和汽笛的舒扬婉转。渡船的三层是船员的生活区，二层是客舱，一层甲板上是和乘客一样乘船过海的汽车们。私家车上来自各省的牌照盛载的大约是相同的游客梦，那些大货车上则不乏日用所需的蔬果粮油，以及建筑所需的钢筋水泥。今天的海岛还需要大陆不间断的供给，九百年前，被贬谪而来的时候，"北船不到米如珠"是苏轼最真切的感受。

那个人站在大陆最南端即将驶向荒岛的时候，他都想了些什么？

雷州半岛上，他刚刚在与意外重逢的弟弟苏辙共处半月。自从少年出蜀，兄弟二人常常是天各一方，只有父母去世丁忧的时候才能重温少时西窗相对的烛光。而这一次，两个人都已年届花甲，又同在贬谪途中。他们的诗中没有说有没有过吟风弄月，有没有过秉烛夜游，但一定都加倍珍惜这稍纵即逝的时光。有此一聚，面对风浪未知的大海即将启程的苏轼，心中也应该是温暖而满足的吧。

船行海上，我只花了五十分钟。起初，我还有兴趣看海，看船舷下方和远处碧玉般的水色，看恣意翻卷的浪花纯粹而纯净的白。一眼望去，水天相接处始终界限分明，碧海、蓝天，没有书上说的“海天一色”。海面廓大无垠，天上是绵邈的白云，远处偶有船只驶过，却没有人与我们交会。也正是在这空阔与寂寞之中，我忽然明白了为什么海上相遇时船员们会手舞足蹈、欢呼雀跃。

我不知道当初是怎样的船只将苏轼平安送上海岛，无论是楼船还是小舟，我都想知道它是否有过浪尖波谷中木橹的呻吟、白帆的战栗。我也不知道当初的苏轼到底在海上孤寂地漂了多久，他带的是哪里的淡水，是什么样的干粮？疲累之时他歇息得可还安稳，苦咸的海水可曾跃上他素简的座榻？烦闷时，他是持书一卷，还是与船家闲谈，或是与执意随行的少子苏过黑白对峙？浪涛汹涌，苏轼的船上可放得下一局安稳的棋枰？

“泛泛杨舟，载沉载浮。既见君子，我心则休。”这是《诗经》中得见君子难抑欢喜的句子，可苏轼这一程“载沉载浮”却是离朝堂上的“君子”越来越远了。“小舟从此逝，江海寄余生”，这是苏轼初次被贬时在黄州写下的句子，屡遭贬谪，不知这一次临行前他是否重又想起?

弃舟登岸，我前往海口市中心的苏公祠。饶是乘车，我仍走了好久。我无法想象当年的牛车马车在低纬度的烈日之下是怎样的咿呀前行，也无法想象苏轼是更留意于眼前的荒凉，还是更留意于心底的无奈。范仲淹说“居庙堂之高则忧其民，处江湖之远则忧其君”，苏轼的心事未曾直言。

苏轼初谪海南曾借寓金粟庵十余日，金粟庵旧址就在今天的苏公祠园区内，园区内的浮粟泉一直以无言的清冽诉说着苏轼给予海南人的第一份恩泽。据说当时人以护城河水为饮用水，水质浑浊极不卫生。深怀爱民之心的苏轼详堪地势后，以手指地说：“依地开凿，当得双泉。”这就是史书所记的“指凿双泉”。当年开出的双泉一清一浊，浊的名曰“洗心泉”，早已湮没；清的因泉面常浮有粟粒大小的水泡被命名为“浮粟泉”，这眼泉水不溢不竭直到今天仍可饮用，被誉为“海南第一泉”，又称“东坡井”。苏轼在金粟庵留下的“东坡读书处”，元代被修建为“东坡书院”，其后代有才人，如今门上的题匾仍是赵孟頫真迹。明代万历年间，海南人民为感怀苏轼依地修建“苏公祠”。

苏公祠正门处有关山月题写的对联：“忠良胜迹存正气，瀛海光辉启文明。”祠内正厅有苏轼远眺立像一尊，两侧对联为“此地能开眼界，何人可配眉山”，字与意均气势磅礴。立像背后的壁龛里供奉的是苏公牌位，陪祀的两位，一位是冒死行孝与他同赴琼海的少子苏过，另一位是他的学生姜唐佐。

姜唐佐是海南琼山人，苏轼评价他的书信“词义兼美”，后又以“沧海何曾断地脉，白袍端合破天荒”一联预言他将成为海南科举的开天辟地之人，并许诺“异日登科，当为子成此篇”。后来姜唐佐果然成为海南史上第一位举人。其时苏轼已病逝数月，苏辙替兄续诗还愿，最后两句是：“锦衣他日千人看，始信东坡眼目长。”六年后，苏轼的另一位学生符确成了海南的第一位进士。

《琼台记事录》说：“宋苏文忠公之谪儋耳，讲学明道，教化日兴。琼州人文之盛，实自公启之。”清末王国宪《重修儋县志叙》所述更为详尽：“儋耳为汉武帝元鼎六年置郡，阅汉魏六朝至唐及五代，文化未开。北宋苏文忠公来琼，居儋四年，以诗书礼乐之教转移其风俗，变化其人心”，儋耳因此“书声琅琅，弦歌四起”。

海南地僻，对中原而言已是天涯之远，唐宋时例有名臣被贬于此。苏公祠边的五公祠也始建于万历年间，纪念的是唐宋两代被贬谪海南的晚唐宰相李德裕和宋朝宰相李纲、赵鼎，宋朝大学士李光、胡铨。五公来到海南的时间只有李德裕早于苏轼。两处祠堂连在一起所形成的古建筑群素有“琼台胜景”之称。

今日五公祠的主体建筑是始建于光绪十五年的一座二层木质小楼，素有“海南第一楼”之称。“第一”之称既不在于它的体式规模，也不在于它的兴建时间，而在于它所奉祀的五位先贤所代表的人文高度。一楼大厅的“安国危身”匾额和二楼的对联“唐宋君王非寡德，琼崖人士有奇缘”，意味格外隽永。

或许是从未想过还能遇赦回归中原，苏轼离开惠州的时候已与长子苏迈作过诀别之语，昌化军中勉强能够遮风避雨的五间草屋“桄榔庵”落成之际，苏轼亦在《桄榔庵铭》中说：“生谓之宅，死谓之墟。”也许正是这样的义无反顾让他倾其余生，遗爱海南——“我本儋耳氏，寄生西蜀州”，朴直的诗句分明已认他乡作故乡。

苏轼在海南的日子异常艰苦，他在写给朋友的信中说：“此间食无肉，病无药，居无室，出无友，冬无炭，夏无寒泉，然亦未易悉数，大率皆无尔。”“尽卖酒器，以供衣食”是他毫不避讳的困境，但他也一直“超然自得，不改其度”，“著书以为乐”。

年迈的苏轼也会身着黎族服饰，亲自下田耕种，也会在课徒授业之余营造自己的小情趣。苏轼曾就地取材，操刀执斧取椰壳制作“椰子冠”，引得当地人竞相效仿，并名之曰“东坡帽”。苏过也曾将自己仿制的“椰子冠”作为礼物寄给谪居雷州的叔叔苏辙，苏辙立刻高兴地写了一首《过侄寄椰冠》诗。

居于儋州四年之后，宋徽宗即位大赦天下，苏轼得以北归。当他一路北上来到镇江金山寺的时候，意外看到了一幅自己的画像。这幅画的作者是有“宋画第一人”之誉的苏轼旧友李公麟。一时之间，苏轼感慨万千，在画上亲题了一首诗：“心似已灰之木，身如不系之舟。问汝平生功业，黄州惠州儋州。”

仕宦四十年，苏轼的任所遍布天南地北，今日西子湖畔垂杨妙曼的苏堤亦是他千古传颂的政绩。但说起平生功业，他为什么单提“黄州惠州儋州”呢？因为这三处无一不是让他刻骨铭心的“贬所”。

因为乌台诗案的“文字狱”，曾经春风得意的苏轼开始了他的贬谪生涯。初贬黄州在湖北，苏轼躬耕于东坡并以此为号，世上自此有了遗世独立的“东坡先生”，再于是有了文学史上的《快哉亭记》，书法史上的《寒食帖》，美食史上的“东坡肘子”“东坡肉”。再贬惠州在广东，“日啖荔枝三百颗，不辞长作岭南人”的名句就诞生于此。至于功业，清光绪年间户部主事江逢辰一言以蔽之：“一自坡公谪南海，天下不敢小惠州。”海南儋州是苏轼最后一次被贬的地方，海南人为他立起了苏公祠这座不朽的丰碑。

苏公祠正门外的牌坊上刻有“思贤”两个大字。与别处不同的是，“贤”字的上半部分，从左至右，被写作“忠臣”。“忠臣”不是苏轼自己刻意的表白，而是后人共同赠予他的由衷敬意。

早年的苏轼一定不曾想过，他会在风里、雨里、雪里，车行、马行、舟行中走过中国的大片土地，时而春风得意，时而江海飘摇。他也一定不曾想过，近千年后会有一个人，穿过四月的冷暖，跨越北纬 46 度到北纬 20 度的中国，凌波蹈海为他而来……

细雨沧浪亭

苏州名园甚多，可我只为沧浪而来。

在这个冬雨淋漓的日子里，从我暂住的苏州城北，一路向南。

中国文学史上有两个著名的“子美”，一个是唐代的杜甫杜子美，一个是宋代的苏舜钦苏子美。而沧浪亭就是自苏子美手中妙化成形的精灵。

苏舜钦有名文曰《沧浪亭记》，说的是自己被贬苏州难耐酷暑，“思得高爽虚辟之地，以舒所怀”，“一日过郡学，东顾草树郁然，崇阜广水，不类乎城中。并水得微径于杂花修竹之间。东趋数百步，有弃地，纵广合五六十寻，三向皆水也。杠之南，其地益阔，旁无民居，左右皆林木相亏蔽”，于是“爱而徘徊，遂以钱四万得之，构亭北碕，

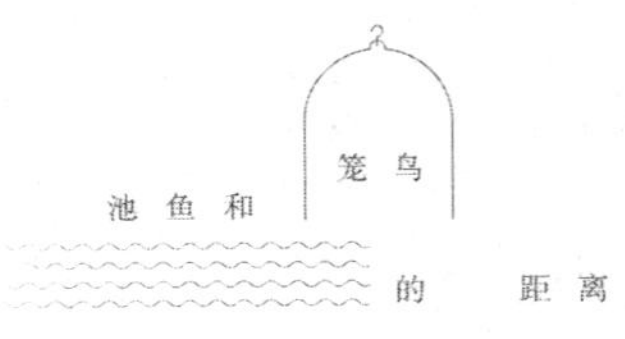

号‘沧浪’焉。”

苏舜钦所建的沧浪亭在郡学之东，而他所说的郡学就是今天依旧红墙肃穆的苏州文庙，苏州文庙偏殿陪祀孔子的就是苏州郡学的兴建者范文正公范仲淹。范仲淹一直是我喜欢的文人，我不独爱他的“先天下之忧而忧，后天下之乐而乐”，“处江湖之远则忧其君，居庙堂之高则忧其民”，亦爱他“酒入愁肠，化作相思泪”这份纯粹的宋词情致。范仲淹是地地道道的姑苏人，入仕后曾被派回家乡任知府，朝廷依例划给他一块家宅基地。当听到风水先生说这块地主姑苏文脉时，范仲淹毅然在此处建起了学宫，姑苏城果然从此文风大盛，代出名家。范仲淹牺牲了自家和子孙的利益，却成就了一个无私的地方父母的宏愿。眼前的文庙让我想起河南商丘，应天书院正殿奉祀的当然还是孔子，而两座偏殿陪祀的，一位是尽人皆知的宋代大儒朱熹，另一位还是这位曾在应天书院做过山长的范仲淹。所谓山长，就是书院的负责人，相当于北大的蔡元培、黄埔的蒋中正。从中原到吴越，范仲淹给我的惊喜一波连着又一波。

沧浪亭只在文庙“东趋数百步”之处，当年“前竹后水，水之阳又竹，无穷极。澄川翠干，光影会合于轩户之间，尤与风月为相宜”的情形已不复见，好在亭园之外尚存一湾静水，垂柳之下亦系有一叶扁舟，聊取“澄川”古意而已。至于“翠干”，沧浪亭倒还刻意保有一个小型的竹园。

“竹”之一字向为人品之誉，东坡说“不可食无肉，不可居无竹”

其意正在于此，中国传统的文人画也从来少不下竹的身影。除了我从前就认得的高大的毛竹和柔美的凤尾竹，这里还有天然黄枝黄叶貌似老竹的黄竹，青枝黄节的“金镶玉”竹，以及竹干极细遍布斑点只可用来做扇骨的湘妃竹。沧浪亭下的郁郁苦竹也让我在默念“住近湓江地低湿，黄芦苦竹绕宅生”的时候，想到了白居易作《琵琶行》时的“境由心生”。至于《红楼梦》中，曹雪芹让姑苏女子林黛玉住进潇湘馆，与一片“无风仍脉脉，不雨亦潇潇”的竹林日日相对恐怕也不无深意。

园中的标牌说，竹园旁边原是一座戏台，“文革”时方被拆毁。虽然早已觅不到戏台的芳踪，我却仿佛听到吴侬软语咿呀传来。在昆曲还没有生成的时代，是以苏州冠名的评弹在这里长长短短地舒展摇曳吗？

苏州紧邻的太湖历来盛产两样东西：一样是珍珠，一样是太湖石。以“透、漏、瘦”闻名的太湖石是江南园林必不可少的组成，不独苏州，绍兴的沈园盛况和上海的豫园繁华也都离不开它的点缀。就连《牡丹亭》中杜丽娘家的后花园也有太湖石，那一段缠绵故事就发生在“转过这芍药栏前，紧靠着湖山石边”。千余年时光流转，珍珠成土石犹在，沧浪亭边的太湖石仍在充满皱褶和变数的尘寰里遗世独立，诉说着无言的记忆。

沧浪亭占地面积虽然不大却有两座假山，而且两座假山各有一口山洞。竹园旁边的相对开阔，内有石桌石凳，桌上刻有棋枰，可供闲时娱乐。洞侧多有孔罅，可用于采光通风，亦可就中赏竹。正门附近的山洞略显狭长，宽窄高矮只可供人行走之用，一侧的出口处还有一口井，这设计相当于给井建了一个天然的井盖，井水自然相对洁净，少染尘灰。这水井也算在山洞之中，早年间的烹茶饮水都是靠它。

苏州冬日的盛景之一当数蜡梅了，但以蜡梅而负盛名看花的人比花还多的狮子林并非我的去处。然沧浪亭亦待我不薄。一个相对独立的院落，我进去的时候阒无一人，只有两树蜡梅在静静地等我。因为没有旁人，我可以肆无忌惮地亲近它们。从前只听说“梅花香自苦寒来”，却不知它真的生长在怎样的地方。我自真正苦寒的大北方而来，那里的冬日滴水成冰，能在户外与人相伴的只有雪花，除了松柏再无一丝绿意。所以发祥于关外的清人才会恶狠狠地将有罪之人“流放宁古塔”，送到他们不愿再生活的地方。

苏州的气候真的不错，寒中带暖，土里盆中的山茶也都开着。蜡梅更是有香的，是所谓“梅香细细”。那花朵比佛手的黄更薄更嫩一些，差不多是蜜蜡的颜色，却更剔透。我无意菲薄江南即使是冬日也还轻浅在怀的温和，而是感触于竟然还有可以拥抱绿色和花朵的冬季。虽然周边无人，我还是不忍偷取梅蕊，只在地上拾了两朵雨中飘落却还未染尘泥的花朵放进口袋。

这个季节，整个园林触目可见的除了绿意就是花窗。据说沧浪亭的花窗共有 102 扇，一窗一品绝不重复。而这也是苏州园林整体的特点，拙政园等处也无不如此。透过这些小而雅的花窗，我也明白了什么叫“一窗一景”。园中的制高点沧浪亭并不宏伟，古旧的石础石柱和木制的穹顶呈现的是一种毫不张扬的素朴的美。

因为是冬日，又是细雨，这里的人并不多，除了门口的工作人员之外，我所遇者：一对七旬上下的老夫妇，一个更多时候坐在廊上用耳机听音乐的二十出头的女孩，一个带着五六岁女儿跳上跳下的年轻父亲，一个自在走走停停的年近五十的女子，一个手握单反安静拍照的二十几岁的男孩，我要出门时说说笑笑进来的一对情侣，还有一个为花房送外卖提着一碗面却找不到目的地的小伙子。细算下来，十人而已。

廊上那对老夫妇看样子是本地人，穿着略厚的棉衣在亭下的游廊上闲坐。这场景在别处的公园里也很常见，可是让我惊奇的是，老人家录放机里飘出的居然是邓丽君的歌声——《美酒加咖啡》，单曲循环。那女孩与他们坐得不远，靠着廊柱，手里是最现代的电子设备，却与他们彼此互不干扰。

沧浪邻水，但那一片水面并不为沧浪主人所有。也许是为了实现园林的“借景”艺术，沧浪未设围墙却在园外建了长长的观景廊。我疑心大上海所谓外廊式建筑就是得了苏州建筑的启发，是后来生出的建筑样式。观景廊边有两棵至少长了数十年的树，也许是树木有知，知道自己长于何处，于是便自然地生了斜敧之姿，大半个身子都倾在水面上方，总是一副美人名士临风照水的样子。我于树木所知甚少，只仿佛觉得那似乎是一株柳一株槐，枝叶轻拂于绿水之上。

今日沧浪与苏舜钦命名之时一样无浪可寻，但起起伏伏自有浪潮在心。文庙墙外的古玩市场十分热闹，与那份热闹一路之隔的沧浪亭却寂静无匹。也许恰是这份寂静才让我的找寻充盈着满满的安慰、满满的暖。

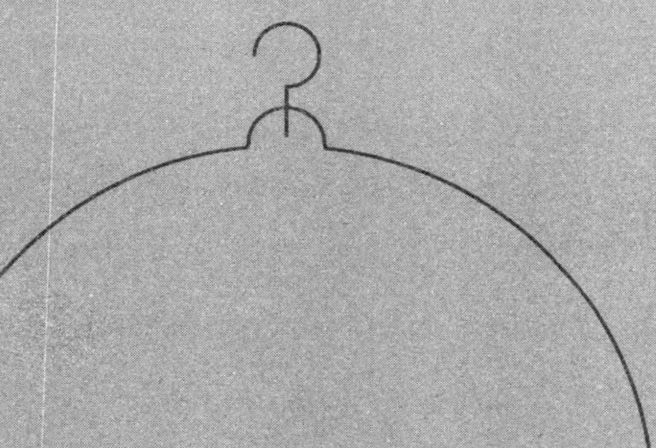

第 七 辑

书卷深处，那缕氤氲的墨香

从竹简木牍到绢帛纸张，总有人牵引你我思接千载，神游万仞。一纸素笺，一点翰墨，在时光的晕染中氤氲一个世界，让环佩佳人、衣冠士子不期然现于眉睫之前，敛深情衣袂，展壮伟胸襟。沿书卷上溯，你我一起聆听那始于《诗经》的歌吟。

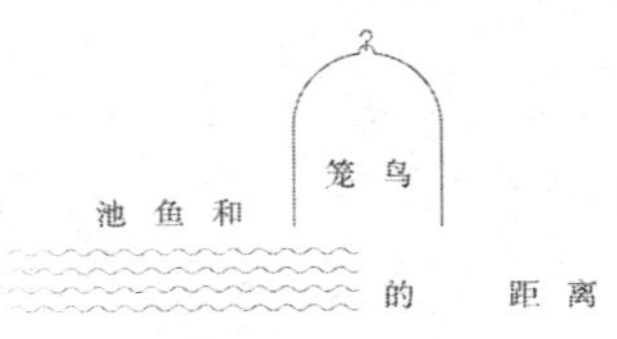

美人如花隔云端

伴随着《诗经·硕人》错落的节奏，庄姜穿越两千五百年的时光隧道款款而来。

在那个对庄姜的一生来说无比重要的秋天，一支从齐国出发准备前往卫国的送亲队伍，在黄河岸边停下了匆匆的脚步。小憩的人们眼中是一样的景致：残阳如血，薄霜满地。这里没有李长吉所见的胭脂红土，也没有范仲淹所闻的羌管悠悠，但一个女子拜别父母远赴异乡的伤怀总还是有的——从此她将告别自己的少女时代，肩负起家国重任。

庄姜是齐庄公嫡出的女儿，父亲的诸侯身份和母亲的原配地位决定了她无比高贵的出身，“手如柔荑，肤如凝脂，领如蝤蛴，齿如瓠犀，螓首蛾眉。巧笑倩兮，美目盼兮”则是春秋人对她美貌的描绘。而如果没有“巧笑倩兮，美目盼兮”这八个字，恐怕就不会有《长恨歌》中杨玉环“回眸一笑百媚生”的颠倒众生，就不会有《西厢记》中张君瑞初逢崔氏女“怎当她临去秋波那一转”的失魂落魄。难怪清人方玉润会评价这八个字说：“千古颂美人者无出此二语，绝唱也。”

这个秋天本来应该和黄河岸边的每一个秋天一样，有收获也有萧瑟，有稻麦的黄熟也有枯叶的飘转，但是，因为有了庄姜的出现和驻足，这个秋天就变得那么不同。还记得《蒹葭》为我们描绘的那个不朽的场景吗？“蒹葭苍苍，白露为霜。所谓伊人，在水一方。”在水一方的伊人没有如庄姜般清晰的面貌，但她一定有曳地的长衣、秀美的身影，她也和庄姜一样沿着黄河走在自下游去往上游的路上。而读诗的时候，许多人都曾假想过伊人的着装，飘逸的韵致之外，白色和红色总是出现最多的两种色彩。

也许你从没有想过，那个秋天，那一天，从黄河岸边经过的庄姜为我们生动地再现了《诗经》中的一幕经典。彼青者天，彼黄者河，彼苍者蒹葭，彼白者霜露，彼美者庄姜！而那一天的庄姜也一定是披着一身大红的嫁衣燃烧在天地之间！她就是蒹葭中的伊人，让无数人不顾道阻且长地溯洄从之，但她永远以宛在水中央的姿态袅娜地存在于离你最远又最近的地方。只有一个男人是例外，他就是卫庄公，庄姜素未谋面的丈夫。他能给她终生的归宿和一生一世的温

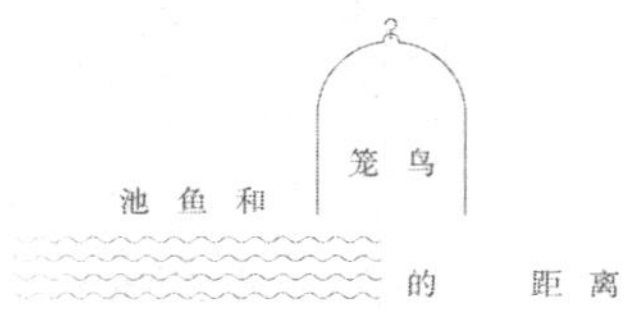

情吗?

眼前正是黄河之水最为丰盈的季节。庄姜知道，自己是在逆流而上，是在从黄河的下游走向上游，那呼啸而去的浩渺烟波流向的是自己的家乡。未来的日子里，她是否可以凭红叶题诗将满腹的思恋送回故乡？浪潮涌动的黄河不似后代宫墙内外的流水脉脉，她殷勤的情意只能任凭水波载转沉浮！水边的蒹葭芦荻生长得十分高大茂盛，即便是经了霜也不改凛然之姿。黄河边有人在捕鱼，那些鲤鱼鲫鱼都被收于网底，庄姜是否也如鱼儿一般，从此再没有了自由的天地?

庄姜偶抬望眼，是否也会有仰天长叹？她的心旌是否也会随风摇荡？“不闻爷娘唤女声，但闻黄河流水鸣溅溅”，后世的木兰是疾速奔驰在千里赴戎机的路上，春秋的庄姜是缓缓行走在一步三回头的出嫁途中。庄姜的身后，是丰厚的陪嫁、庄严的仪仗，那些陪嫁的武士都是百里挑一雄壮伟岸的，那些陪嫁的女子，衣饰丰盛容颜美好，缤纷的霓裳和闪烁的首饰簇拥一处，是那么的光华耀眼。没有人会知道，在这山一程水一程的行进中，“恰青春年少”的庄姜的心中涌动的会是怎样的不安或是喜悦。

卫庄公在卫国都城的东郊亲自迎接了美丽的庄姜，然后登堂入室成夫妇之礼。美丽的庄姜婚后应该也过了一段显赫而美好的日子，毕竟哪一个男子见到如此美貌的女子都会禁不住心荡神驰吧！更何况所谓美人的姣姣之容背后，还有着衔霸主余威而来的专属于齐国的赫赫威仪。可是，君王后宫中的女子又有哪一个是不美丽的呢？庄姜很快就失去了丈夫的宠爱，并且没有子嗣！如此，大致可以推测她晚景的凄凉。

我们不知道这个旷世美人自嫁入卫国后曾经几度归宁省亲，又曾经几度涉过她青春年少时出嫁路上第一次所见的黄河，但黄河应该记住了她，记住了她皎皎的美人之容和日渐憔悴的故国之思，或者还有她痴迷混沌的眼神和腮边那拭不尽的点点清泪。

伤心岂独息夫人

“桃之夭夭，灼灼其华”是《诗经》形容美女的名句，有一个春秋时候的女子便是凭借着过人的美貌被誉为“桃花夫人”。桃花夫人本是陈国的公主，初婚为息国国君正配，所以常被称为息夫人。因为母国姓妫，所以又被称作息妫。

息夫人的母国在北方，向南依次是蔡国、息国和楚国，想要从陈国抵达息国必须经由蔡国。古时诸侯娶妻并不亲迎，当美誉在外的息夫人出嫁经过蔡国时，姐夫蔡哀侯提出要见一见这位从未谋面、身边也并无夫君陪伴的妻妹。亲眷之间，本也说不上是否有违礼法。可是美色当前，这个心怀不轨的男人举止失度了！没人记载蔡哀侯对息夫人的无礼究竟到了什么程度，但能够被美色冲昏头脑从而对另一国家的君夫人做出无礼之举，蔡哀侯堪称“无脑”。

听说这件事的息侯“冲冠一怒为红颜”，生了绝灭蔡国的念头。较蔡哀侯而言，息侯却不但“有脑”而且思虑深沉——当意识到一己之力过于单薄难以灭掉蔡国时，他以蔡国土地利诱楚人结盟；当楚人说兴兵入蔡师出无名时，他设计让楚人假意攻打息国，并笃定蔡哀侯接到救援请求一定会毫不犹豫地前来。也许蔡哀侯是想到了唇亡齿寒或是姻亲相顾，不但肯于出兵而且不惜“御驾亲征”以保全息国，只是他万没有料到息侯的目的就是使自己成为楚人的俘虏。虽然事出有因，但想想息侯的用兵之法和曲折谋略，我们是不是也会多些不寒而栗的思量?

楚国的先祖是黄帝之孙昌意的儿子高阳，所以屈原在《离骚》中有“帝高阳之苗裔兮”的说法。楚地一度为中原文化所排斥，楚人亦常自称“蛮夷”，但到息夫人于归之时却已实实在在地在楚文王的手中崛起为南方强国。从前“无脑”的蔡哀侯在入楚后渐渐变得“有脑”了，他不但清楚了自己被俘与息国之间的关系，而且生出了强烈的复仇之心。作为亡国之君，他的愿望当然也要假他人之手来实现。蔡哀侯深知楚文王也是“寡人有疾”，便大力在其面前夸说息夫人的美貌，楚文王于是出兵灭掉息国掳回了息夫人。楚文王两次发动战争当然不会只是为了息侯所请和谋夺一个绝色女子，但在这里我们要说的是息夫人。

从这个绝色女子嫁为息国夫人到被掳入楚宫，中间大约只经过了两三年的时间。包括《左传》在内的史书上也从未言明息妫与息侯有多么恩爱，人们经常渲染的只是息妫虽失身于楚王，却保有着内心深处对息侯的忠贞。身在楚宫，息妫却从不主动开口说话，在答楚王所问时，我们听到了她的那句千古名言："吾一妇人而事二夫，纵弗能死，其又奚言？"到了汉代刘向的《列女传》中，息夫人就连这难堪的故事也没有，而是与息侯一同殉情了。

春秋之世，"夫人"二字标识的只是一个女子在丈夫妻妾中的正室地位，与她和丈夫之间是否相爱并无直接关联。在息妫短暂的息国时光中，她对息侯究竟有无爱恋，究竟有着多深的爱恋之情，我们无从得知。而息侯不计后果地挑动了一场"国际"战争，并且利用了蔡哀侯对他的信任与帮助，与面对强楚无法保全妻子，则是我们看到的全部。他与楚谋蔡的举动固然是因息妫而起，但有谁知道他的动机是否仅仅只是为了捍卫男人的尊严呢？

仍是在《左传》中，息妫入楚七年后楚文王去世，此后令尹子元又对她动了念头。子元是楚文王的弟弟，时任楚国令尹，可谓权倾朝野。在一国之中权势仅次于楚王的令尹大人也可以说是阅美女无数了，但仍垂涎入楚多年的息妫，足见此女人到中年却风韵犹存。子元为得息妫垂青可谓下了一番大功夫，不但特意在息妫居所的旁边盖起馆舍，而且组织众人表演声势浩大的万舞，使振铎之声达于息妫之宫。而"万舞"虽然是当时用于祭祀的大型舞蹈，却同样具有原始的生殖意义，子元此举无疑意在挑动息妫的春心。可息妫不但不为所动，反而在被气哭之后派身边的人前去责备他，并且告诫子元不要忘了为楚文王复仇。

息妫深谙万舞内涵可见其博学，但最关键的问题是我们不但看到了息妫对子元的拒绝，而且看到了息妫对楚文王的心怀恋念。启发子元为文王复仇说明此念在息妫心里埋藏已久，她早已当自己是真正的楚夫人而不是息夫人。如果她真的是对息侯爱恋深深至死不渝，就会虽为楚妇而如事仇雠时刻恨楚王不能早死，又怎能在楚文王逝去若干年后仍旧发出恨不能为其报仇之语？

从来美人爱英雄，息妫是个美人，而楚文王恰恰也是个英雄。息妫入楚即被立为夫人和三年生二子都是椒房专宠毋庸置疑的证据。后代文人以息妫为题材的诗作时有所见，如唐代王维《息夫人》："莫以今时宠，能忘旧日恩。看花满眼泪，不共楚王言。"杜牧《题桃花夫人庙》："细腰宫里露桃新，脉脉无言几度春。毕竟息亡缘底事？可怜金谷坠楼人！"清朝邓汉仪《题息夫人庙》："楚宫慵扫眉黛新，只自无言对暮春。千古艰难唯一死，伤心岂独息夫人。"洪亮吉《题息夫人庙》："空将妾貌比桃妍，石上桃花色可怜。何似望夫山上石，不回头已一千年。"纳兰容若《采桑子》："桃花羞作无情死，感激东风。吹落娇红，飞入窗间伴懊侬。谁怜辛苦东阳瘦，也为春慵。不及芙蓉，一片幽情冷处浓。"文人们对息妫或怜或叹或有切齿之恨。可是，蔡哀侯因好色而惹火上身，于息妫何罪？息侯国小势微于妻子尚不能保全，于息妫何罪？楚文王因慕色而挥军入息使美人落得

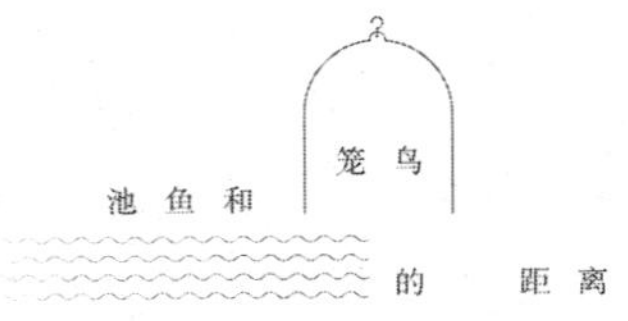

身事二夫之名，于息妫何罪？

纵观中国历史，美女的命运何曾由自己做过主宰？总有人恨息妫不能身殉息侯，可是息妫为什么一定要为那个引狼入室的男人殉葬？想要息妫死的人无非认为女人是男人的财产，她们有义务为男人守节，因为失节不但是女子的恶名更是父兄和丈夫的恶名。更多的人都不曾想，在偶然变故之下的生与死都应该是每个人自己的选择，人们甚至可以设想息妫在楚宫七年里遭遇了自己毕生难忘的爱情，所以她才能在若干年后仍时刻不忘为自己所爱的男人复仇。

虽然这个女子做楚夫人的时间比做息夫人的时间要长得多，虽然她对楚王的感情可能比对息侯的感情要深厚得多，但她总是被称为息妫、息夫人。就如同先嫁晋怀公后嫁晋文公的秦国女子只能被称作“怀嬴”，初嫁陈国大夫夏御叔后来又嫁给别人的郑国公主也只能被称作“夏姬”一样，在更多的时候她们只能有一个名字，而且这个名字总是相关于她的第一任丈夫。这是男权制度对她们的提醒，也是对后代所有女子的提醒甚至警示，就像历史的暗夜里有人发出的那一声久久不肯消散的冷笑。

唐人的怨念

闲读唐诗，总觉得那时的人们胸怀广阔、衣袂飘扬。想长安洛阳，便是大明宫苑，上阳千里，晓镜初开绿云扰扰，晚香乍燃紫雾氤氲；想秀色江南便是水村山郭，杏帘在望，时有流水潺潺而去，偶有宿鸟缓缓归来；想关山塞外便是瀚海阑干，长烟落日，琵琶弦上千军峥嵘，胡笳声里寒中带暖。可是，唐人的古调新声之中还是夹杂着一些不那么和谐的音符。

当隋末大儒王通的学生和友人魏征、房玄龄、杜如晦纷纷步入初唐政坛的时候，他也曾出仕的胞弟王绩却放弃大好前程毅然辞官归隐悬壶济世了，于是唐代文学史上有了第一缕药香。可是于薄暮时分登东皋而有望的时候，王绩还是忍不住剖白说“相顾无相识，长歌怀采薇”。曾几何时，于郊野之上沿路采薇的是义不食周粟的伯夷和叔齐。王公此系何意？又是何等的不怀好意！

当王通的孙子、王绩的侄孙王勃长成意气风发的少年，“四杰”登上诗坛。在高唱“海内存知己，天涯若比邻”的间歇，王勃也说“长江归已滞，万里念将归。况属高风晚，山山黄叶飞”；“烽火照西京，心中自不平”的杨炯虽有投笔从戎的气概与决心，“宁为百夫长，胜作一书生”却也只是他的一厢情愿；卢照邻自号幽忧子，可知其心意深邃婉转；骆宾王因六岁咏鹅而有神童之名，后因触忤武后下狱也只能以发出“无人信高洁，谁为表予心”这样无解的诘问。

天宝元年李白奉诏入京，“仰天大笑出门去，我辈岂是蓬蒿人”暴露了他内心最为真实的想法。无论传说中“皇帝降辇步迎”“高力士脱靴”“杨国忠磨墨”的故实是否存在，李白着实在长安度过了一段难忘的时光，但仅仅三年后李白就被玄宗“赐金放还”。保全了体面的李白在此时写了三首《行路难》，他说自己的心态是“拔剑四顾心茫然”，说自己的处境是“欲渡黄河冰塞川，将登太行雪满山”。后来《将进酒》中“天生我材必有用，千金散尽还复来”的大气磅礴当然也是李白失意时候用以自我疗伤的药方。

李白的怅然若失无关凡俗人所想的富贵夭折，而是来源于治国平天下政治抱负不得伸展的苦闷。从“遇”和“不遇”的角度来说，李白并非“不遇”，但他“遇”得不是时候——李白遇到的不是协助父亲李旦诛除韦后挟制太平公主创立开元盛世的李隆基，而是梨园之中调弦弄索、醉心歌舞的唐玄宗。以御用文人的身份为杨贵妃写下“云想衣裳花想容，春风拂槛露华浓”的李白，你知道他的内心是怎样的翻江倒海吗？后来李白从于永王李璘的幕府并不是一件偶然的事情，也正因如此才会有事败流放夜郎的故事，才会有中途遇赦“千里江陵一日还”的佳句。但终究，玄宗还是李白一生中解不开的心结。

李白中年的时候曾经和高适有过一段骏马轻裘纵情燕赵的漫游，同行的还有一个名叫杜甫的年轻人。“七龄思即壮，开口咏凤凰”的是儿童杜甫，思量“会当凌绝顶，一览众山小”的是青年杜甫。当杜甫对另外两名同伴高高仰视的时候，所有人都无法估算出他在唐诗的园地中会长成一株什么样的植物。

诗人的桂冠也可以世袭吗？杜甫的祖父杜审言是初唐著名的诗人，“文章四友”之一，被人视作五言律诗的奠基人。他当然也想不到，数十年后，孙子杜甫会成为“唐诗的集大成者”。可是杜甫的诗是从什么时候开始转向“沉郁顿挫”的呢？是因为“朱门酒肉臭，路有冻死骨”，是因为“何时倚虚幌，双照泪痕干”，还是因为“亲朋无一字，老病有孤舟”？不可否认的是，那些“白头搔更短”的怨念与思虑最终成就了杜甫的“诗圣”之名。

以边塞诗闻名的高适和岑参都是真正的军旅中人，不同的是高适出身寒苦，岑参出身世家。高适“少孤贫，爱交游，有游侠之风”，后投身军中，是唐代诗人中唯一被封侯的人，《旧唐书》说：“有

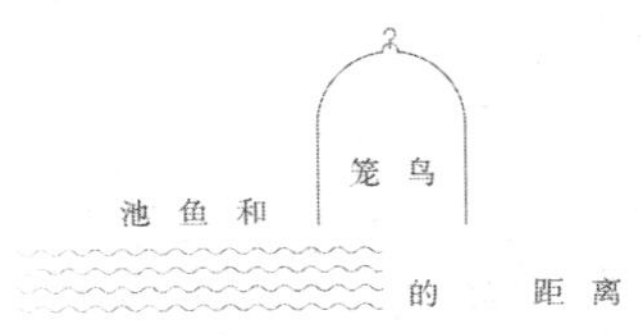

唐以来，诗人之达者，唯适而已。”可就是这样的一个“达者”却写了太多雄浑悲壮之诗，“战士军前半死生，美人帐下犹歌舞”当是至为愤懑的一笔吧，对达官贵人的不满与痛恨虽然毫不隐讳却能够真正纾解胸中的一口恶气吗？岑参是贞观初年宰相岑文本的曾孙。岑文本深得唐太宗器重，病中曾得太宗亲问病榻，死后又得陪葬昭陵之殊荣。可是到了岑参的时候，十岁失怙家道中落，为重振家声光耀门楣，饱读诗书的岑参登进士第后决然从军，以文弱之肩担起一身冰霜铁衣。但岑参却是空怀盛唐之心徒负中唐之身，他也会在诗中向杜甫悄悄地说：“白发悲花落，青云羡鸟飞。”

那么，着意于山水田园的人总该是平和的吧？

孟浩然差不多是唐代文学史上唯一的白衣诗人，一生在仕与隐之间纠结不休。“欲济无舟楫，端居耻圣明”曾是他深深的怨怅，面圣时不合时宜所吟的“不才明主弃，多病故人疏”直接惹得玄宗龙颜恼怒说：“卿不求仕，而朕未弃卿，奈何诬我？”自此断了宦念的孟浩然便只能纵情山水，飘荡天下。至于王维就算得上仕途顺畅吧，有玉真公主引荐，也有状元头衔。安史之乱爆发时因扈从不及被困长安，安禄山强行授以伪朝之职，王维虽坚辞不受更称病不出，却没能免除自己的政治污点，待唐肃宗回朝时险被治罪。那以后的王维虽然官职屡升却终然再无争胜之心，那些看似心神宁静的山水田园诗里，又隐着所谓“贰臣”多少无可言说的委屈！

盛唐的潋滟光影随时光缓缓褪去，江州司马的一袭青衫成了唐诗中永恒的色彩。白居易的人生有“晚来天欲雪，能饮一杯无”的雅趣，有“同是天涯沦落人，相逢何必曾相识”的浩叹，更有《卖炭翁》《观刈麦》《红线毯》这样叙写民生疾苦的沉痛。一生为官爱民如子的白居易面对朝堂政治，有太多无能为力的感叹！

唐代科举取士有“五十少进士”之谓，少年登第更因此成了无数人艳羡的人生场景。公元793年，身披红绸帽插宫花跨马游街雁塔题名的队伍中竟有两名真正的少年——弱冠之年的柳宗元和长他一岁的刘禹锡。

可是进入政坛仅仅十数年，伴随永贞改革的失败他们一路被贬，愈贬愈远。由永州而至柳州的柳宗元愁思万里中：“一身去国六千里，万死投荒十二年。”细细想来，尽是“孤舟蓑笠翁，独钓寒江雪”的意味。当柳宗元在贬谪生涯中长眠于柳州，我们不难发现“诗豪”刘禹锡也有豪气泯然的时候。终于得见天日奉诏回京的刘禹锡在扬州的歌舞欢筵上初逢白居易，白居易感其不易作诗为赠，刘禹锡酬答之诗的开篇便是：“巴山楚水凄凉地，二十三年弃置身。”多少往事全在这十四个字里化作力透纸背的悲凉。

安史之乱后大唐国力每况愈下，就连那些塞外的飞霜、江南的白浪，那些桃红李白、芭蕉绿、枇杷黄、玉兰飘香，也都格外地多了几分萧然之气。咏史和怀古在晚唐诗人的笔下多了起来，李贺说“男儿何不带吴钩，夺取关山五十州”，杜牧说“江东子弟多才俊，卷土重来未可知”，温庭筠说“下国卧龙空寤主，中原得鹿不由人”，

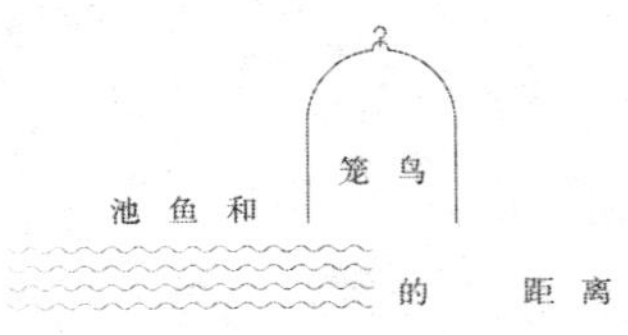

李商隐说“地下若逢陈后主，岂宜重问《后庭花》”……是什么让那些立志于读万卷书行万里路的读书人放弃了对壮美山河和人间烟火的书写，而向幽远的史卷深处去寻找精神的寄托呢？不是诗人精思枯竭墨色转淡，而是现实的摩擦与挤压让人透不过气来。

咸阳桥、渭水道，瓜洲渡、云梦泽，潇潇暮雨、滚滚长江，青山对出、孤帆远去，人群扰攘、街市繁华，杨柳依依、牡丹雍容，透过这些场景我们看到和想到的常是唐人的乐观昂扬，有“春城无处不飞花”的浪漫，有“飞流直下三千尺”的豪壮，有“直挂云帆济沧海”的志向，有“汉将辞家破残贼”的勇气，有“凭君传语报平安”的放达，有“晴空一鹤排云上”的雅意，有“黄四娘家花满蹊”的幽情。禀赋七情的唐人虽也不乏丛生的怨念，但在盛世光华的掩映之下我们读到的往往并非一己之私，而是推搡不开的政治责任、家国情怀。

当初唐的陈子昂登上燕昭王用来招贤纳士的幽州台，在一片旷远迷蒙之中发出“前不见古人，后不见来者”的迷茫感喟以致“怆然而涕下”的时候，他完全不曾料想日后大唐“星垂平野阔，月涌大江流”的壮观。当唐人的功业抵达了“前不见古人，后不见来者”的高度，那些有志之士的低回之思已和他们的激昂之志一道深深地烙印于世，一如人们永志不忘的那两个熠熠生辉的名词“贞观”与“开元”。

箫管羹汤里的王朝云

苏轼是中国文学史上响当当的名字，是他继欧阳修之后将宋代的诗、词、文一并推向了鼎盛。检视他身边知己良伴的时候，如果我们能将视线短暂地掠过男性而投注于女子，就会发现一个极其特别的名字——王朝云。

王朝云是苏轼的枕边人，却从不是他的妻。苏轼的妻是《江城子》里悼念的那个“十年生死两茫茫”的亡人，是“尘满面，鬓如霜”的东坡居士“不思量，自难忘”的小轩窗内淡淡梳妆的缥缈倩影，是那个十六岁就嫁来苏家为他红袖添香深宵伴读名叫王弗的佳友良朋，可是十一年后她便悄悄地去了，徒留苏轼深深的怅惘与无奈；苏轼的妻还是《祭亡妻同安郡君文》中提到的续弦“王氏二十七娘”

王闰之，是那个小苏轼十一岁的王弗的堂妹，是那个在苏轼最为荣耀时期受到太皇太后召见的三品夫人，是《后赤壁赋》中那个言说“我有斗酒，藏之久矣，以待不时之需”的善于持家的妇人，是那个苏轼泣血承诺“唯有同穴，尚蹈此言”的贤德女子，她在相守二十五年后将苏轼完整地留给了他的姬妾，而此后苏轼再未续娶。“娶妻”“买妾”，古人的分别是那么清楚！

据说，王朝云是在十二岁时被苏轼从青楼带到了家里。十二岁，这是一个多么美好的年纪，应该比李清照回首嗅青梅时还要小一些吧！即使浑身透着灵秀她也应该还不是美人，至多，只能叫作“美人胚子”。那么，她吸引苏轼的应该就不是她的美貌，而是她流动的眼神、娇憨的谈吐，或许还有“丢了箫管弄弦索”的随性和清歌一曲时仍显稚嫩的嗓音。十二岁，无论是在古代还是在现代，都应该还只是一个孩子的年龄，宋元话本小说里的花魁娘子几乎都是在十四岁上被诱逼接客的，那么，朝云归于苏氏时应该还是完璧之身。我们不是要刻意强调所谓“贞节”，在刚刚过去的唐朝，薛涛、李冶、鱼玄机，这些名垂千古的女子都不曾怀抱贞节行走于世，但这丝毫不影响她们当年的荣耀与身后的声名。我们只是在感叹朝云之“幸”，感叹这个玲珑剔透的女子没有在貌似欢乐的花柳繁华中陪祭了自己无辜的青春。

“朝为行云暮为雨”，朝云的确像是一个歌妓的名字。但是朝云字子霞，那她就应该是出生在一个宁谧的清晨，是一个略有文化的人，也许就是一个家乡的塾师为她取了这样应时应景美好而朴素的名字。没有人考证过这个名字是她带到苏府的，还是后来苏轼为她另取的。同样没有人考证过，苏轼为她赎身时只是喜欢上了这个灵动的小丫头还是已经立意要在日后纳她为妾。如果是后者，东坡的用心也未免太过阴暗和险恶了，我不愿相信。要知道，那时，苏轼已经四十岁了，他的长子苏迈的年龄也比朝云还要大一些。

偌大的苏府，丫鬟、仆妇、婢妾也应该是如云的吧，可是似乎只有她是懂他的。最为人津津乐道的那个故事说，苏轼一日饭后拍着肚皮问左右侍婢内中所装何物，一婢说是文章，一婢说是见识，苏轼皆不以为然。独有朝云朗声道："学士一肚皮不合时宜。"苏轼不觉大笑曰："知我者朝云也！"没有人说那时朝云的身份是婢还是妾，我却总愿意想，就是在这之后，苏轼才动了念头将她收在房中，所为更多也不是床笫之间的男欢女爱，而是因为他的心灵需要这朵解语花适时的陪伴。

寄托了苏轼人生之感的《蝶恋花·花褪残红青杏小》是传诵一时的名篇，朝云亦常为其吟唱。但每每唱至"枝上柳绵吹又少"时，朝云便会感于句中所寓的悲情恸哭不能自已，她自己说："所不能竟者，'天涯何处无芳草'句也。"正因为朝云是这样一个有着敏锐感受力和洞察力的艺术和情感的知音，所以她死后苏轼竟"终生不复听此词"。读这样的故事，我常怀疑现代价值观一力提倡的所谓"从一而终"的爱情。当然，坚贞不渝永不更改的爱情在情感和道德上都是至为伟大的，可那些续弦的、再婚的，甚至生命偶一交错之时所产生的电光火石的悸动与震颤就不是爱情了吗？

苏轼年谱说，朝云是到了黄州才由侍女转为侍妾的。是她甘守清苦与贫贱陪伴苏轼度过了那段时日漫长的艰难岁月，那一碗碗香糯软烂的“东坡肉”里应该满蕴含着朝云燃炉打扇的身影和无尽绵长的爱意吧！元丰六年，朝云为苏轼生下一子，取名“遯儿”。“遯”即“遁”也，表现了其时苏轼已无意官场的决心。遯儿满月之时，苏轼曾作诗云：“人皆养子望聪明，我被聪明误一生。唯愿孩儿愚且鲁，无灾无难到公卿。”但他的美好愿望却迅速破灭——遯儿于次年即不幸夭亡，朝云和苏轼都受到了沉重的打击。

苏轼被贬惠州的时候已经年近花甲，虽然他有“日啖荔枝三百颗，不辞长作岭南人”的乐观放达，但人们都明白他在政治上已很难东山再起。随着家势的每况愈下，曾经簇拥在他身边的侍儿姬妾都陆续散去，陪他翻山越岭、长途跋涉、共赴荒蛮的人只有王朝云。曾经的珠围翠绕在一刹那变得清冷如许，易感的东坡怎能不心有所动？“不似杨枝别乐天，恰如通德伴伶元。阿奴络秀不同老，天女维摩总解禅。经卷药炉新活计，舞衫歌板旧姻缘。丹成逐我三山去，不作巫山云雨仙。”这首诗的小序说：“予家有数妾，四五年间相继辞去，独朝云随予南迁，因读乐天诗，戏作此赠之。”白居易晚年面对的是樊素小蛮诸姬的风流云散，而东坡的身后却始终侍立着爱他敬他的王朝云！“经卷药炉新活计，舞衫歌板旧姻缘”，苏轼对朝云的感怀与赞佩怎能不油然而生！

苏轼到惠州的第三年，朝云沾染瘟疫不幸亡故，年仅三十四岁。在此之后，苏轼的人生履历中就再没有留下过任何女子的痕迹，侍妾王朝云竟成了东坡居士爱情的绝响！朝云是天上的云霞，抬眼可望却触手难及。“不合时宜，唯有朝云能识我；独弹古调，每逢暮雨更思卿”，这是朝云死后苏轼无奈而深情的低语！

“宁为英雄妾，不作庸人妻”，朝云的时代，女子们所受的应该还是这样的一种教育吧。即使在当下，在我这个甚至略微有点“女权”思想的人看来，这命题也有一定的合理之处，但前提是要有真爱且不可以伤人，只可惜几乎没人做得到。在那样的时代，在那样的婚姻制度之下，朝云们不是婚姻的擅闯者，她们也有享受爱和被爱的权力，有时她们甚至可以强大到占领一个男人情感的全部。我们不知道朝云是否有此能力，却知道她是苏轼红颜中的知己，是苏轼陷于人世寒凉之时与之心灵和肉身都能温暖相偎的女人。无论是从相处的时间段落和时间长度上看，还是从心灵的相互吸引和契合程度上看，朝云似乎都应该是苏轼生命中最重要的女人。也有人说朝云出于王闰之有意地发现和刻意地栽培，那么她们就是《浮生六记》里的芸娘和憨园了，只不过东坡远比沈复幸运得多。

苏轼在为朝云亲笔所做的墓志铭中说：“东坡先生侍妾曰朝云，字子霞，姓王氏，钱塘人。敏而好义，事先生二十有三年，忠敬若一。绍圣三年七月壬辰卒于惠州，年三十四。八月庚申，葬之丰湖

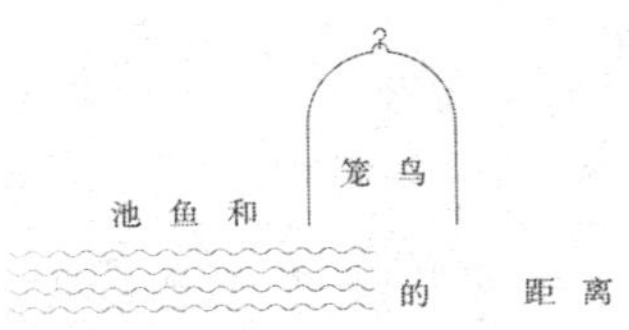

之上，栖禅山东南。生子遯，未期而夭。盖尝从比丘尼义冲学佛法。亦粗识大意。且死诵金刚经四句偈以绝。铭曰：浮屠是瞻，伽篮是依，如汝宿心，唯佛止归。”文中说到的朝云死前所诵的《金刚经》四句偈是“一切有为法，如梦幻泡影，如露亦如电，应作如是观”，所以苏轼在朝云墓上作亭并名曰“六如亭”。这“六如”之中大约寄寓了朝云太多的梦想与无奈，是瞬息的幻灭却也是深通佛法的彻悟。那些人世的盛景，那些经历的繁华，有什么是能够永驻的呢?一切都莫如守在一个自己深爱的男人的身边，为他烹茶煮饭，同他谈诗论词，帮他整顿衣裳，与他共赴高唐!

那么多歌舞伎的名字已被历史的尘埃渐渐湮没，王朝云却伴同苏轼得到永生。这不是说女人必须依附于男人，而是说，如果没有女人，男人的情感世界将会寸草不生。朝云墓碑上所刻的是“姬人”二字，她从来都不是苏轼的妻，但她知之爱之怜之伴之，是他心灵的伴侣和最后的爱人。遇到苏轼是王朝云的幸运，但遇到王朝云又何尝不是苏轼的大幸运?

沈园：四个人的生命交错

时间是公元1155年，宋高宗绍兴二十五年。地点是陆游的家乡山阴，也就是今天的绍兴城。春天来了，所有人的心情都好了起来，不愉快的事情都被暂时放下。那一天应该是一个明媚的日子，江南才子陆游一扫书斋的霉气与心上的暗沉终于也想去大自然里走走了。在朋友们的相约中，他选择了沈园。在这样的好日子里，沈园常常是士子云集、仕女出没的绝佳去处，熏风画柳、青瓦朱檐、曲廊流水、黛石粉墙，那一派绵软的江南气息直让人想在东风里永远地沉醉下去。

陆游三十一岁了，看上去仍是少年意气、风度翩翩。但他绝对想不到，他是在一步步走近一场情感的风暴，他将揭起的是那个让他永世疼痛的伤疤。唐婉当然也不知道，在这样一个美好的春日里，她会与最不美好的过去猝然重逢。如果早知有此一遇，他们还会在这一天出门，走向同一个地方吗？也许会，也许不会，但总归是没人知道。

我想，应该是陆游首先发现了唐婉。不，是感应到唐婉的存在的。乌木桥畔，青石栏边，纷拂缭乱的碧柳丝中，唐婉与她的夫君赵士程从回廊的那一侧共同现身了。乌云宝髻、簪珥粲然，她虽然肌肤清减却还是那么美，他一定是待她极好的，给她华衣美饰，对她语笑温存。陆游的心忍不住痛了一下。

目光是有重量的吧，唐婉一定觉得有人在看她，不是路人无语脉脉的含情注目、也不是浮浪子弟的轻佻追随。她想知道他是谁，会看她那样专注，那样凝重。唐婉轻敛衣袂玉颈轻回，星眸斜睇之间，浅浅的笑意立时僵在了唇边，身子也几乎轻轻地摇了一摇，幸好被侍女扶住了。

竟然是他！是从别后忆相逢的他，是几回魂梦与君同的他，更是不思量自难忘的他！曾有的青梅竹马，曾有的画眉之乐，那是唐婉心中永恒的痛，却也是永远的甜！那一刻天旋地转，仿佛茫茫宇宙间只剩下这两个人，再没有粉墙绿柳，再没有仕女游人，连唐婉身边的赵士程也已不复存在了。两个人四目相对，欲止欲言，欲言又止，谁知道那许多话儿竟要从何说起？那么，就还是不说了吧！

到底是男子多自持，首先回过神儿来的还应该是陆游。就以表兄的身份向唐婉和新夫见礼，再转身就道一声别，迤逦而去了。身上还是那样风姿飘飘，心里却早已乱得不成样子。真的，旧情在心，让陆游怎当她临去秋波那一转！他不明白：怎么就会遇到她呢？遇到也就算了，偏她还与新夫把臂同游，偏还嘴角挂着清冷冷的笑意！唐婉的出现使得大好的春光在陆游的心里已是一片灰蒙蒙的晚秋，无边落木萧萧下，萧萧而下的木叶是诗人心头难忘的数不尽的往事！

与朋友一处饮酒的陆游已是丧魂落魄一般心不应口手不应心，不知自己在说些什么做些什么，只是一盏接一盏地吃酒，让朋友们看得莫名其妙。过了不多时，一个眉目清秀的青衣小鬟提着一只精美的食盒来寻“陆公子”，她说是唐婉夫妇遣她来向表兄致意。陆游相信，别人一定和他一样感佩那个名叫赵士程的男人的胸怀与大义。江南并不大，才子陆游的名字极少有人不知道，而他和唐婉的婚姻经历也一样为人熟知，他们曾经的恩爱和奉母命而致仳离更不是什么江湖秘闻。作为同郡士人，赵士程哪里会不知道这一切呢？能如此善待陆游足见他是一个大度的君子，更能得见他对唐婉之爱的真切与深切。陆游甚至觉得自己爱表妹也许真的还没有他那么多，不然，当初，怎么就真的草就了一纸休书呢？

如果说刚刚，陆游的心神还定了一下的话，打开食盒的那一刻，他心底的狂澜再度涌起，是台风，是海啸！食盒里的酒肴，清雅、精致，有的干脆就是出自唐婉之手，陆游记得它们的色香味形意，永远都记得！眼前的每一样都触得到陆游与唐婉的过往，他的泪一滴一滴地落下来。范仲淹说“酒入愁肠化作相思泪”，真是至人之语。陆游无法再遏制自己的情绪，他放下酒杯，长身而起。

文士出游笔墨总是有人备下的，陆游斜了一眼身边的粉墙，遂左手捧砚右手执笔，略作沉吟之后，沈园的墙上多了那首让人不能不为之动容的《钗头凤》：

红酥手，黄縢酒，满城春色宫墙柳。东风恶，欢情薄。一怀愁绪，几年离索。错！错！错！

春如旧，人空瘦，泪痕红浥鲛绡透。桃花落，闲池阁。山盟虽在，锦书难托。莫！莫！莫！

正所谓“彩笔新题断肠句”，陆游的心绪起伏难平，手上的书法便有些微的凌乱，人们但见墨色淋漓却不知那其实是陆游的心血淋漓。《钗头凤》，陆游选这词牌大约也是颇有寓意吧。自唐以来词牌甚富，缠绵人情软媚入骨的小令更是多得是，陆游为什么非要选用这一首呢？凤者雄鸟也，当年司马相如不就是凭借一曲《凤求凰》以弦上雅乐打动了孀居的少妇卓文君吗？陆游也是在以凤自喻吗？钗头之凤像鸟却不是鸟，它只能华光四射，在美人鬓边颤巍巍惹人垂怜却飞动不得，不能去它想去的地方。“钗于奁内待时飞”，愈有飞去之意便愈是徒增怅惘之情。

其实，自唐婉去后，陆游也已续娶，沈园重逢时的陆游已是三个孩子的父亲，他的婚姻生活倒也宁静、平和。但几百年后的曹雪芹应该是陆游的知己吧，因为他会说“纵然是举案齐眉，到底意难平”。意之难平当然就在于不能与灵犀相通的人在一起，否则陆游也就不会在去世的前一年，也就是沈园相遇的四十四年后重游故地并作诗二首追悼唐婉：“城上斜阳画角哀，沈园非复旧池台。伤心桥下春波绿，曾是惊鸿照影来”，“梦断香销四十年，沈园柳老不吹绵。此身行作稽山土，犹吊遗踪一泫然”。《宋诗精华录》说：“无此绝等伤心之事，亦无此绝等伤心之诗。就百年论，谁愿有此事？就千秋论，不可无此诗。”

陆游的心痛贯注近半个世纪之久，相比之下唐婉应该就幸运得多。据说，后来当唐婉再游沈园的时候看到了陆游题写的《钗头凤》，于是蘸着自己的血泪和词一首，并于不久之后抑郁而亡。其词云：

世情薄，人情恶，雨送黄昏花易落。晓风干，泪痕残。欲笺心事，独倚斜栏。难！难！难！

人成各，今非昨，病魂常恨秋千索。角声寒，夜阑珊。怕人寻问，咽泪装欢。瞒！瞒！瞒！

人说沈园都只讲陆游与唐婉的哀感顽艳，我却总觉得沈园故事书写的其实是四个人的爱情，是四个人各自爱情的悲喜剧。

赵士程，我从不相信他是为了践履才子的荣光才娶了陆游的下堂之妻，他的视线之于唐婉应该也是充满了垂怜与珍爱。他不想用金玉绫罗收买她的芳心，他只想用绵绵挚爱暖她临霜被雪的灵魂。可是这个泪痕已残病魂常在的女人到了他的身边却只剩了“独语斜阑”“咽泪装欢”，他得到的似乎只是刻意的躲闪和假意的应对。然而，春来时节，他还是会带她去沈园散心，想让煦暖东风驱尽她内心无限的寒凉。为什么总有人怜惜陆游与唐婉，却从没有人肯替赵士程模拟一下无奈开阖的心境呢？才子佳人的痛楚是痛楚，别人的难道就不是了吗？唐婉究竟有没有爱过赵士程？斗转星移的暗夜里，我愿意相信赵士程也曾问过自己同样的问题。

还有陆游的续妻，他孩子的母亲。无论后来是怎样的年华老去和为生计折磨，她一定也曾是一个温润红颜，心中充满着对婚姻和爱情的渴望。婚姻和爱情，我想这两个词的顺序是对的，那个时代的女子唯一可以期待的就是在父母安排给她们的婚姻里找到爱情，李清照曾是这样一位幸运者，朱淑珍则是不幸者，至于陆游之妻就不大好说。得配才子，她年少的心中应该曾涌动过无上的欣喜和骄傲吧，她一定展望过夫唱妇随的美好，渴望过春朝观花秋夜赏月的人间佳境吧。陆游未必没有与她执手共话巴山夜雨时，陆游未必没有与她一同卧看牵牛织女星，可是，陆游的心里一直有唐婉，她不会不知道。然而我们也知道，一定是她为关河梦断尘暗貂裘的陆游疗救伤痛，一定是她为心在天山身老沧州的英雄揾去腮边之泪，家祭之时更是她的儿孙以袅袅香烟慰飨天上的祖先。

因为沈园壁上的一首《钗头凤》，陆游的爱情被后代愚莽的读书人完完整整地送给了唐婉。而她，陆游孩子们的母亲却成了陆游感情生活中可有可无的点缀，甚至有人觉得是她僭越了唐婉的爱情。为什么人们不能公允地爱怜一下这个“后来”的女人呢？因为时间上的“后”，她承受了多少本不该承受的重压与责难！在陆游的爱情里，她是什么？如果她只是为陆游传宗接代的女人，你会高兴吗？如果陆游和她也有爱情，你会不高兴吗？

无论历史的真相是怎样生成的，我们都愿意在心里臆想沈园和沈园里那一场断肠千年的邂逅。人世间总有真心大爱，未必仅限于儿女情长。

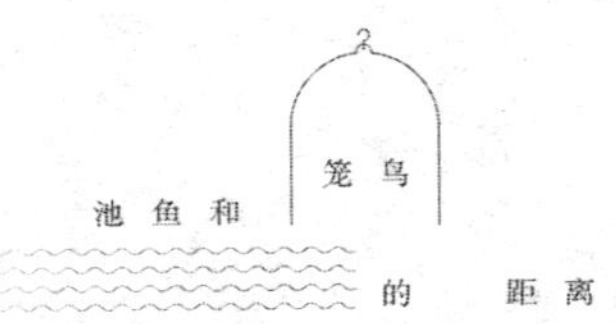

晓来谁染霜林醉

江淹《别赋》流传最广的一句就是“黯然销魂者，唯别而已矣”，所以黯然，是因为很多时候固然有去就有来，有往就有返，有别时就有归期，但这一别却不可估算时长，数日、数月、数年、十数年、数十年，都可以是它。

相见时难别亦难。佛家“八苦”之一就是“爱别离”，心中有相依相守的爱，却不得不面对别离。

由季节论，古人的悲愁一则多见于春残花老，一则多见于长天秋暮。《西厢记》中长亭送别时莺莺的曲词唱道：“碧云天，黄花地，西风紧，北雁南飞。晓来谁染霜林醉？总是离人泪。”有情人依依惜别，不在残春却有落英铺满幽径，虽在清晨却也萧然秋意正浓。天高云淡，秋风浩荡，北雁急急南飞寻觅此季归处，离人血泪点点醉染枫火霜林。

常言道：多情自古伤别离，更那堪冷落清秋节！

“今日送张生上朝取应，早是离人伤感，况值那暮秋天气，好烦恼人也呵！悲欢聚散一杯酒，南北东西万里程。”这是崔莺莺送张生进京应举那天清晨的内心独白。至少在长亭送别的这一刻，《西厢记》中的崔莺莺恐怕还沉潜着唐传奇中被斥为害人“尤物”的余孽与忧伤吧。

长亭差别之时，张生担心的大概是此去不能得中，莺莺想的却是：“你休忧‘文齐福不齐’，我则怕你‘停妻再娶妻’。休要‘一春鱼雁无消息’！我这里青鸾有信频须寄，你却休‘金榜无名誓不归’。此一节君须记，若见了那异乡花草，再休似此处栖迟。”有过了情生丝缕、西厢夜会，崔莺莺身为女子的忧惧显得尤为深刻。长安洛阳的方向从来是那烟柳繁华之地，纸醉金迷之城，有多少衣香鬓影、翠袖红招。“若见了那异乡花草，再休似此处栖迟”，这是崔莺莺多么深重的忧思啊！

古时多有富贵人家父母因为各种原因悔婚而女儿坚守情义的故事，《西厢记》的故事也不例外。普救寺被围，莺莺名节性命危在旦夕，张生寄信请来白马将军解了普救寺之围、崔家之厄。但老夫人却背义弃义一笔勾销了此前的婚姻承诺，让本该配成鸳鸯的张生与莺莺认作义兄义妹，直逼得张生相思病起，缠绵床榻。

而当张生与崔莺莺的一段爱情尘埃落定，当一对爱侣恩义交缠如胶似漆想要打开婚姻的册页时，门第身份却成为横亘在他们之间一道不可逾越的鸿沟。

唐人的仕进骄傲是进士及第，唐人的婚姻风尚是“娶五姓女”。五姓者，李、崔、卢、郑、王。莺莺所在的博陵崔氏和母亲所在的荥阳郑氏都在这样的世家大族之列，这样的家族甚至曾有过拒婚太子而嫁女于世家小吏的狂傲。而莺莺系出名门又是相国之女，更是当之无愧的大家闺秀，张生虽与郑氏有亲，老夫人却断然不会把张生这样的小户之子放在眼中。

私情暴露，红娘受累，为了保全相国家声门楣光耀，不得已许婚的崔老夫人强令白衣士子进京求取功名：“我如今将莺莺与你为妻，只是俺三辈不招白衣女婿，你明日便上朝取应去。”

这白衣不是你理解的一尘不染襟袖飞扬，也不是所谓的玉树临风风度翩翩，而是一介平民的代称。满朝权贵尽是朱衣紫衣，即便是被贬僻地的江州司马也有一袭青衣傍身，只有这未第无职的秀才身着白衣风里来雾里去，怀揣着求功名登仕途的梦想。而“取应”便是去京城参加科举考试，考中方可为官，考不中就依旧是白衣之身。“得官呵，来见我；驳落呵，休来见我”，是老夫人丢给张生的紧箍咒。也就是说，若是取应不中，张生与莺莺的婚事只能是镜中花水中月，也再休提起。

“晓来谁染霜林醉”“鸡声茅店月，人迹板桥霜”是唐人的商山早行，“莫道君行早，更有早行人”是明人的智慧敦促，身处两者之间的王实甫化用了宋人范仲淹“碧云天，黄叶地”的名句，更是前置了他“酒入愁肠化作相思泪”的深情。也许此刻，在王实甫的笔下也并没有设定好莺莺和张生的结局，长亭送别的崔莺莺也不知道自己是不是就一定会有夫妇团圆、夫贵妻荣的结局。

秋闱大比，如果张生一直不能高中，一直就只是个秀才呢？这个白衣女婿，堂堂的故相国之家会认吗？如果张生得中就另择权贵不再回来呢？莺莺是不是就会一直抱憾、一直抱恨？“月上柳梢头，人约黄昏后”的迷离惝恍之后，王实甫温厚地改写了元稹“始乱终弃”的薄幸与薄情，带给莺莺和张生，也带给我们一丝丝的暖意。想来，他也必是一个多情之人。

从前慢，车马也慢。青石街短，黄土路长，车辚辚，马萧萧，慢行的车马拖长了距离，消耗了时光，那一程又一程的旅途从多少桃花三月走过霖雨蒙蒙，再走过落木萧萧，一直走到冬雪飘飘。《诗经》说“昔我往矣，杨柳依依。今天我来斯，雨雪霏霏”，陶潜说“田园将芜胡不归”，李商隐说“君问归期未有期”！杜甫早就知道世事无常，早就知道“人生不相见，动如参与商”，所以他的诗中才有“烽火连三月，家书抵万金”的感叹，才有“亲朋无一字，老病有孤舟”的慨言。

甚至有多少别离从此便天各一方，音讯杳然，甚至某一场生离根本就是未能预料的死别，是人生最后一次“挥手自兹去”，所以小晏词才有“从别后忆相逢，今宵剩把银釭照，犹恐相逢是梦中”

的惊喜。至于人世间，又有多少龙门一跃后的老死不相往来，负心如陈世美遗弃了秦香莲，无奈如薛平贵丢下了王宝钏。

多年以后，状元出身的张君瑞应该早已是朱紫加身，出入处冠盖如云。这一派高门显宦，政事繁忙，怕是连后堂也难得一进了。相较之下，莺莺的心上是不是应该更爱白衣的张生呢？爱那份年少俊逸，诗中的相和，弦上的知音，而不是宫花敧颤、志得意满的中年情志。闲时回想起来，他还是爱情里那个多愁多病、小心翼翼的男子，而她还是那个高高在上倾国倾城的佳人。

任时光倏忽闪回，莺莺与张生二人心中定格的，是普救寺回廊上那惊鸿一瞥的初见，还是这东方曦微层林尽染处执手相看的泪眼？

红楼茶事

我最喜欢的书是《红楼梦》。翻开这部厚厚的著作，扑面而来的不是别人所见的浓脂醇酒，牵引我视线和灵魂的是那缕淡远绵长且袅袅不散的茶香。

一部红楼借僧道开篇，空空、茫茫、渺渺都是出家人，但遇喜悲不能举杯邀月一醉方休，他们传情达意的最佳道具只有清茶一盏，吟啸徐行，放达的心境恰与茶气相应和。

芹溪尚酒，但酒酣人困走不进梦里的红楼，悼红轩曹氏的手边也一定有盏苦茶入心入脾，化作那一把握不住的心酸之泪。倦意袭来的时候，红楼在茶香中氤氲远去，泡过的枯叶却还留着一痕淡淡的清远，曹氏一定将它也盛入了葬花的锦囊，枕它入眠入梦。

其实，当丧母的林黛玉从姑苏来到贾府时，才引领我们走进真正的红楼，让我们看见了万千女儿笑靥掩不住的泪痕。贾府第一餐，还记得黛玉跟着贾府人学习吃茶吗？这便是桀骜女儿落入万恶规矩的开始。奈何天性难抑，再沉重的枷锁也锁不住渴求自由的心，于是才有了红楼最大的悲剧。

贾宝玉去秦可卿房里，令他眼饧骨软的甜香不是茶，可梦里神游，在警幻仙姑那儿他却品到了一种香清味美人间没有的茶——“此茶出在放春山遣香洞，又以佩花灵叶上所带的露烹了，名曰‘千红一窟’。”“千红一窟”者，“千红一哭”也，其香清味美也只因女孩的魂魄玉洁冰清，茶的香和红尘女子的苦恰是同一种说不出的滋味，金陵女儿的悲剧便是红尘女子的悲剧。

红楼一梦，那巍峨耸立的是谁的红楼？是雪芹的，宝玉的，还是众多女儿的？那千年不断的梦境里又为何总有飘飘不散的茶香？

宝玉身边有四个贴身小厮，茗烟、扫红、锄药、墨雨。打头的这个先叫茗烟后叫焙茗的总在宝玉身侧，出了大观园他就是宝玉的影子，宝玉会非常隐秘地着了纯素带他去水仙庵的井台上祭奠烈女金钏儿，会兴高采烈地带他去探望居家过节的袭人，而他也曾主动地护着宝玉，帮他大闹学堂投书飞砚。茗者，茶也。他的名字总会让我们想起一炉炭、一撮茶、一缕香，想起慢慢地、慢慢地，一种无法言表的悠远在天地间缓缓地弥漫开来，遮掩了我们的苦和痛，让我们在宁静中安然睡去，忘记了一切。

红楼中的茶香几乎是永恒的风景。为一盏不出色的枫露茶，酒醉的宝玉撵了丫头茜雪，却让她躲过了一场最大的浩劫；吃了贾府的茶，顺口说句“倒还不错”的黛玉，就被尖刻的王熙凤取笑道：“既吃了我们家的茶，怎么还不给我们家做媳妇？”浪荡子情遗九龙佩借的是吃茶的款，贾琏向鸳鸯借当，要平儿奉上的是“进上的好茶”。而晴雯被逐，在家里喝的是绛红色咸涩不堪没有茶味的茶，难怪宝玉要以“群花之蕊，冰鲛之縠，沁芳之泉，枫露之茗”来祭奠她了。

茶生于俗世，裹在细细叶心里的却是另一种清雅之情。红楼女儿个个不是人间俗品，但大观园夜宴争红斗翠之时要用一坛上好的老酒，直喝到钗横鬓乱，连以素性稳重而著称的袭人“也唱了一支曲儿”，芳官更是醉得连与宝玉“同榻而眠”都不知道。这癫狂景象怎沾得了半个茶字的边儿？

秋凉赏菊持螯抹人一脸蟹黄时，去了佐餐的姜醋，人们也要用烧酒暖暖心肺；冬日点火于芦雪亭大嚼烤鹿肉之时，性情豪放的湘云也只大叫须有些酒才有诗兴。又腥又膻的地方，固然美味云集，谁又敢提那个素淡的茶字？怕的是亵渎了那份幽雅的韵致。

别的更不用说了，金桂宝蟾挑逗薛蝌只能用酒，一班浮浪子弟由妓女云儿陪着唱曲儿，把盏飞觞盛的也只能是善添春意的佳酿！酒是艳妆红唇，茶是蛾眉淡扫，这是何等不一样的风情！

在红楼的朝晖与夜色里，给人的感觉总是茶是天上、酒是人间。

酒是大红颜色的猩猩毡，让漫天雪野也升腾起无边的烈焰；而茶是淡青色的丝绦，摇曳着拂起的是心事的尘埃，是一丝若有若无的雾，是一份看得见摸不着的慰藉。

清凉月夜，得意的人赏中秋的美景，而凄凉人的心中却只有“寒塘渡鹤影，冷月葬花魂”。黛玉与湘云两个孤女在凹晶馆联诗，联出的也只能是此等凄清的句子。妙玉女尼虽是同样的身世飘零，却总能因身处方外而多一些参透和了悟，于是适时地出来将两个人拉去栊翠庵品那夜半的香茶了，并第一次展露才华为凄楚的诗句添上一十三韵而续出一点鲜亮的颜色。这自是悲戚寂寥处的茶带出的一缕人间的暖意。

同是这个宦家出身的妙玉，带发修行不剪三千烦恼丝便注定了会有一丝欲说还休的凡念尘思。虽然不如陈妙常那般大胆唱一出《思凡》，却也在不经意间将一点尘心暴露给了世人。别人生日她不闻不问，独独宝玉诞辰，她一个槛外人却将一张帖子送入芳宅；雪里红梅流光溢彩，众人皆爱却碍于她的孤傲不便去讨，偏一个宝玉就能满载而归，并让她开心“送你们每人一枝”，甚至打发人直接送到各人的屋里去。种种迹象，说明的是何等的交情？难道这也仅仅止于二者都有佛缘？

妙玉厌俗，喝茶也力争免俗，足见她的品味与众不同。贾母是何其尊贵的人物，携着众人纡尊降贵到妙玉处吃的也只是“旧年蠲的雨水”泡的“老君眉”。红楼女儿多的是，她却偏只和宝钗、黛玉投缘，偷偷地拉了她们去吃“体己茶”，这回泡茶用的已是山水迢迢带来的珍藏——五年前在蟠香寺收的统共只有一“鬼脸青”的梅花上的雪水。其中的区别还用多说吗？这举动够隐秘，却又被宝玉盯个正着。三个人几乎同时进门，待倒茶时又有了分别：给宝钗、黛玉用的是古董珍玩，可轮到宝玉，递上来的却是自家常日吃茶用的“绿玉斗”！

那是一个什么样的时代啊，礼教的戒备何其森严！宝玉便是自小在女孩丛中脂粉队里长大的，他也是一个不折不扣的男子。每日必捧于掌上吃茶的“绿玉斗”该锁着妙玉多少唇吻之间的心事，那么，捧之于宝玉的，就分明是一段隐在茶香里无语问情的肺腑之思了。这和晴雯芳魂将散之际撕扯着换给宝玉的贴身小袄又有什么区别？

饭前的茶、饭后的茶，俗家的茶、方外的茶，人多欢笑处喷了别人一裙子的茶、凄凉神黯处轻啜慢饮暗溅清泪的茶……林林总总，分明是我们品不出的清香与苦涩。口角噙香对月吟，疏朗月色下吟哦而出的节拍又蕴含着怎样的一种清愁？

品味着梦里红楼悠远的茶香，眼前又舒卷着茶香中梦里的红楼。此刻，我的手边也有清茶一盏，身畔是帘卷西风，从纸上抬眼望远，层层叠叠涌起的暮霭正不知不觉漫上谁人的眼帘……

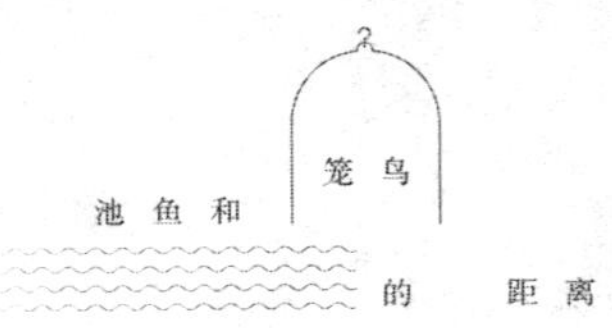

你的名字，我的烦忧

因为很多原因，我似乎已经很久没有正正经经地读诗了，当然也就已经很久都没有生出过为诗而萌的心动。我这里说的诗是小时候曾经让我痴迷不已的白话诗。

前些天浏览一个相熟的诗人的新作，看见他的似有所指的新作，我若有所悟地和家里人说："写诗真好，文体的含蓄与隐晦可以让人说出想说的一切，而这种宣泄又不必以直白确切的方式昭告天下，甚至遇到质疑时也可以剑走偏锋轻巧化解。我们写散文的就不行，一切都明明白白地展示在那儿，永远无法遮蔽也无法掩饰"。

今天随手翻书，忽然看到戴望舒的《烦忧》，感觉到诗的亲切的同时禁不住再一次被它打动：

说是寂寞的秋的清愁，
说是辽远的海的相思。
假如有人问我的烦忧，
我不敢说出你的名字。

我不敢说出你的名字，
假如有人问我的烦忧：
说是辽远的海的相思，
说是寂寞的秋的清愁。

初读这诗的时候我只有十几岁，不自觉地就爱上它辽远清冷的意境，爱上它音韵跳荡的节奏，爱上它反反复复絮语般的痴心表白。总之，就是小女孩读诗的心境，不为爱情，只为少年那份踏遍层楼也无法识得的清愁滋味。并且这里面还掺杂了因为惯读古诗而对“望舒”两个字生出的高远寥廓的理解，于是便多了几分没来由的偏爱。

不知为什么，从年少时起，每每读到望舒的《烦忧》，都会不期然地想起志摩的《偶然》：

我是天空里的一片云，
偶尔投影在你的波心——

你不必讶异，

更无须欢喜——

在转瞬间消灭了踪影。

你我相逢在黑夜的海上，

你有你的，我有我的，方向；

你记得也好，

最好你忘掉，

在这交会时互放的光亮！

《偶然》也是写爱情的吗？或者这首诗只是在写人与人的相遇，不局限于爱情，亦不局限于性别。这诗，每读一次都是凉雾遍身的彻骨奇寒，为抒情主人公那份让人痛恨的不动声色的冷静，也为严酷现实中诗人这无奈的低语。

总觉得，和《烦忧》比起来，《偶然》的境遇更加悲苦。《烦忧》是尚有希望的冷寂与愁闷，是一个人满怀心事的踌躇与踟蹰，但他仿佛还可以有所期冀，仿佛还有路可走；《偶然》就不是这样，偶然只是云本无心的流连，是落花无意流水有情的世间悲情，是光亮过后更加深黯的茫茫黑夜，“多情总被无情恼”这最终的结局早在出发之时就已经被写好！

尘世间的很多感情，其实应该还是像顾城说的那样吧：“你看我时很远，你看云时很近”。“远”和“近”或者只是人们的一种错觉！

雨巷之中，油纸伞下，与望舒的长衫错肩而过的人中，可有那个丁香般结着愁怨的姑娘？望舒的愿望怕是早已落空，不然他不会一再梦呓般地申说：“我‘希望’逢着一个丁香一样地结着愁怨的姑娘！”大概还是不遇的景况要更好一些吧——至少，唇齿间不必缠绵着一个永世不敢说出口的名字，更不必为他有这秋天里至为寂寞的烦忧！

其实，人与人的相遇多难，无论亲情、友情，还是爱情，无论最终的结局是欣悦还是忧伤，相遇时那两道眼神的碰撞一定闪出了美丽的光焰。久后回味，应该就像张爱玲在她的散文中说的那样：“于千万人之中遇见你所遇见的人，于千万年之中，时间的无涯的荒野里，没有早一步，也没有晚一步，刚巧赶上了，那也没有别的话可说，唯有轻轻地问一声：‘哦，你也在这里吗？’”

图书在版编目（CIP）数据

池鱼和笼鸟的距离 / 高方著. -- 北京 : 中国广播影视出版社，2020.11（2023.3重印）
（“语文大热点”系列丛书 / 崔修建主编）
ISBN 978-7-5043-8487-4

Ⅰ. ①池… Ⅱ. ①高… Ⅲ. ①散文集－中国－当代
Ⅳ. ① I267

中国版本图书馆 CIP 数据核字（2020）第 154702 号

池鱼和笼鸟的距离
高方 著

图书策划 林 曦
责任编辑 宋蕾佳
装帧设计 智达设计
插　　画 王 静
责任校对 龚 晨

出版发行 中国广播影视出版社
电　　话 010-86093580 010-86093583
社　　址 北京市西城区真武庙二条 9 号
邮　　编 100045
网　　址 www.crtp.com.cn
微　　博 http://weibo.com/crtp
电子信箱 crtp8@sina.com

经　　销 全国各地新华书店
印　　刷 三河市腾飞印务有限公司

开　　本 880 毫米 ×1230 毫米 1/32
字　　数 141（千）字
印　　张 8
版　　次 2020 年 11 月第 1 版 2023 年 3月第 2 次印刷

书　　号 ISBN 978-7-5043-8487-4
定　　价 32.00 元